W0467616

Dirección editorial: Isabel Ortiz y Emilio Losada
Autor: María Forero
Ilustraciones: Fernando Aznar
Preimpresión: Marta Alonso

© SUSAETA EDICIONES, S.A.
C/ Campezo, 13 - 28022 Madrid
Tel.: 91 3009100 - Fax: 91 3009118
www.susaeta.com

Impreso y encuadernado en España

Cualquier forma de reproducción, distribución, comunicación pública o transformación de esta obra solo puede ser realizada con la autorización de sus titulares, salvo excepción prevista por la ley. Diríjase a CEDRO (Centro Español de Derechos Reprográficos) si necesita fotocopiar o escanear algún fragmento de esta obra (www.conlicencia.com; 91 702 19 70 / 93 272 04 47).

D.L.: M-894-MMXV

GRAN CAMPAMENTO
DE ESPÍAS

LA CUEVA
DE LOS FANTASMAS

MARÍA FORERO
Ilustraciones de Fernando Aznar

susaeta

1
2
3
6
7
8
9
10
Río Turbio

5
11
1. La Casona
2. El Barracón
3. La Choza
4. Campo de Pruebas
5. Cerro de Escalada
6. Puente de Piedra
7. El Estanque
8. El Pozo Seco
9. Palomar
10. El Pinar
11. Pueblo Cuatro Casas
12. Urbanización
El Descanso Merecido
12
4
FINCA
VALLE OSCURO

EQUIPO «ARAÑA»

JAIME

Es el capitán de los Araña.

BEATRIZ

Le encanta resolver misterios.

VICENTE

Es bromista e ingenioso.

ALEJANDRA

Es la «manitas» del grupo.

SANTI

Le gusta la lectura y detesta correr riesgos.

MANUEL

Cree que la ciencia es capaz de resolver cualquier enigma.

Valle Oscuro es un campamento de verano muy poco convencional. En él, chicos y chicas de edades comprendidas entre los nueve y dieciséis años se entrenan duramente para convertirse en jóvenes espías. Don Evaristo, el director, y un equipo de expertos monitores son los encargados de planificar las misiones a las que deberán enfrentarse los alumnos durante su estancia en la escuela. Dado que el nivel de exigencia es muy alto, los aspirantes a espía tienen que esforzarse al máximo para obtener buenos resultados.

PERSONAL DEL GRAN CAMPAMENTO DE ESPÍAS

DON EVARISTO

Director del campamento

RAFA

Monitor encargado de las pruebas de alto riesgo

CARLA

Monitora enfermera. Los chicos acuden a ella cuando tienen un problema

JOSÉ

Monitor responsable de las misiones nocturnas

BERNARDO

Monitor de deporte. Planifica los entrenamientos

MARTA

Monitora a cargo de las actividades acuáticas

Este es el primer verano que Jaime y su equipo pasan en Valle Oscuro. Hasta la fecha, ya se han enfrentado a tres apasionantes misiones. En la primera, pusieron en práctica sus conocimientos científicos y de campo; la segunda los enfrentó a una peligrosa banda de ladrones, y, en la tercera, participaron en una trepidante yincana. Ahora, el director del campamento les tiene preparada una gran sorpresa… **¿Te gustaría saber de qué se trata? Entonces… ¡no pierdas de vista a los Araña!**

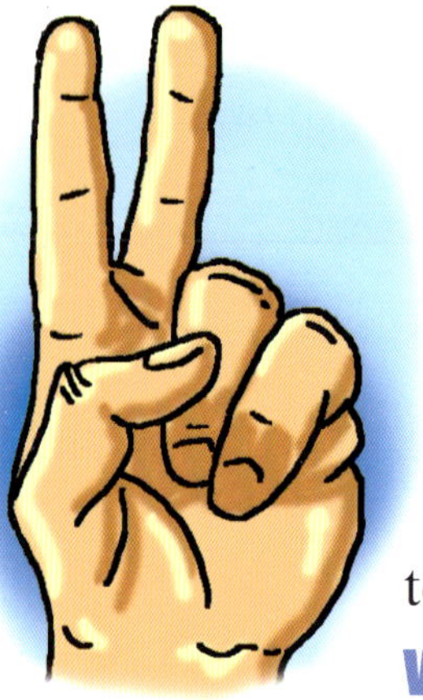

UN TRIUNFO AGRIDULCE

JAIME y el resto de los componentes del equipo Araña (**Manuel**, **Beatriz**, **Vicente**, **Santi** y **Alejandra**) acababan de recibir una noticia excelente: se habían proclamado **vencedores en la yincana de Valle Oscuro**. Sin embargo, nadie diría por sus caras que estuvieran demasiado contentos. No hubo saltos de alegría, ni abrazos, ni felicitaciones; una fría reacción que solo podía explicarse si se estaba al corriente de cómo habían obtenido la victoria.

Sucedió así: días atrás, los **Calavera, los Tigre y los Araña** se habían enfren-

tado en una yincana para decidir qué equipos disfrutarían de la sorpresa que **DON EVARISTO**, el director del campamento, les tenía preparada.

Durante el primer día, los Araña superaron con éxito todas las pruebas; pero al día siguiente se encontraron con un escollo insalvable: **¡una manada de caballos!**

La prueba en cuestión parecía bastante fácil: el capitán debía **atrapar** uno de los caballos que pastaban libremente en la finca, y conducirlo hasta el campamento. A simple vista, sencillo; en la práctica, imposible. Tras varios intentos fallidos, los Araña tuvieron que darse por vencidos. **Ellos, unos valientes espías que se habían enfrentado a una banda de peligrosos delincuentes, habían sido derrotados por una panda de esquivos y escuálidos caballos asilvestrados... ¡Inaudito!**

Entonces, cuando ya se disponían a regresar al campamento para reconocer su derrota, recibieron una inesperada llamada de don Evaristo, y todo cambió: los **Calavera** y los **Tigre** habían abandonado la competición por una fuerte intoxicación, y los **Araña eran, ahora, el equipo vencedor**.

He aquí la causa por la que Jaime y sus amigos no se mostraron tan eufóricos como cabría esperar: habían ganado, sí, pero no porque lo merecieran, sino porque los demás se habían retirado... ***¡Bonita manera de obtener una victoria!***

Aun así, habían ganado, y los chicos se alegraban de poder disfrutar de la famosa sorpresa del director.

–¡Aquí están los **campeones**! Una vez más, muchachos, os doy la enhorabuena –los recibió **don Evaristo** a su llegada–. Si no me falla la memoria, estabais empatados en puntos con los Calavera, lo que significa que ellos serán el segundo equipo que disfrutará de mi **«FANTÁSTICA SORPRESA»** –remarcó con orgullo–. Después del almuerzo, os desvelaré mi gran secreto. –Y, frotándose las manos como siempre hacía cuando disfrutaba con algo, se alejó junto con los monitores en dirección a la Casona.

Tan pronto como los chicos se quedaron solos, ***Esteban, el capitán de los Calavera***, se encaró con los Araña.

-Esta vez habéis tenido suerte, pero no va a ser siempre así... -exclamó con rabia mal disimulada.

JAIME contempló atónito a ***Esteban***. A principios de verano, los dos chicos se llevaban muy bien; sin embargo, la relación poco a poco se había ido deteriorando, y no por culpa de Jaime (que no consideraba enemigos a sus rivales), sino por Esteban, que había demostrado ser un **mal perdedor**, hasta el punto de que, hoy por hoy, parecía tener un solo objetivo: derrotar al equipo Araña.

Dicho esto, **ESTEBAN** dio media vuelta y se marchó seguido por su séquito, pues en eso se habían convertido sus compañeros de equipo. Ningún Calavera desobedecía jamás las órdenes de su capitán,

y, por supuesto, nadie se atrevía a contradecirle; incluso **Mercedes, capitana de los Tigre**, parecía haber caído bajo el influjo de su fuerte personalidad.

Así las cosas, los Araña tenían claro que, a estas alturas del mes, no contaban con aliados dentro del campamento: eran ellos seis contra los otros doce; **un desafío a muerte entre dos valientes capitanes: Jaime y Esteban.**

LA SORPRESA

El campamento para jóvenes espías **Valle Oscuro** estaba situado en una extensa finca flanqueada por **montañas** y surcada por un **río** que, en algunos puntos y si había llovido lo suficiente, fluía con bastante caudal.

También dentro de sus lindes se encontraba un **espeso bosque** –con pinos esbeltos y sobrios, madreselvas, serbales y hasta acebos en las zonas más húmedas y umbrosas– y un **estanque** con un pequeño embarcadero.

En este entorno privilegiado vivía **DON EVARISTO** con su mujer, **Adela**, y su hija, **Sofía**, en un enorme **CASERÓN DE PIEDRA** que, desde lo alto de una colina, dominaba el paisaje.

Por su parte, los profesores y los alumnos habitaban en sendas cabañas de madera (**la Choza y**

el Barracón), mucho más rústicas y funcionales que la anterior, la señorial Casona.

Si a estas tres viviendas le unimos el **campo de pruebas**, con sus pistas deportivas y de entrenamiento, y el **laboratorio**, obtendremos una somera, aunque suficiente, descripción del campamento.

Por todo lo anterior, Valle Oscuro era el lugar ideal para montar una escuela de jóvenes espías, pues los alumnos disponían de espacio de sobra para entrenar, iniciarse en diversas disciplinas y, por supuesto, vivir aventuras trepidantes.

Tantas posibilidades ofrecía la finca que los chicos no acertaban a imaginar qué les tendría preparado el director esta vez: **¿escalar uno de los escarpados picos de la zona; hacer rafting en el río, o, quizá, puenting? ¡Todo era posible!**

Tal como les anunció don Evaristo, después del suculento almuerzo en la Casona desveló su sorpresa.

–Como todos sabéis –comenzó–, Valle Oscuro se sitúa en un paraje excepcional, y no solo por su fauna y su flora, también es muy interesante su geología y orografía...

Nada más oír esto, **Vicente** (el más rebelde de los Araña) sintió un irrefrenable deseo de bostezar. De pronto, las palabras del director le habían transportado al colegio, con el libro de texto abierto sobre el pupitre y los ojos del profesor fijos en él con aire acusador. **«¿Fauna, flora, orogra... orogra... orogra no se qué? ¿De qué demonios estaba hablando?»**, se preguntó lleno de inquietud... ¡Aquello se parecía demasiado a una clase de Conocimiento!

–El caso es que, hace poco –continuaba diciendo el director–, descubrí a unos kilómetros de aquí una

cueva de característica**s extraordinarias**, e, inmediatamente, me puse en contacto con mi buen amigo el profesor **don Fausto Villahermosa**, uno de los científicos y espeleólogos más celebres de nuestro país.

»Don Fausto vino a visitar el lugar y, tras una breve inspección, decidió poner en marcha un **proyecto de investigación y medición de la cueva**, pues su olfato de sabueso le decía que nos hallábamos ante una gruta única en nuestro territorio.

»Ahora está buscando un patrocinador que financie el proyecto. –Don Evaristo hizo una pausa para dar mayor énfasis a sus siguientes palabras, y añadió–: Y vosotros, queridos míos, vais a tener el honor de recorrer la cueva antes que ningún otro humano, y descubrir todos y cada uno de los ***misterios*** que esconde ese **«bostezo de la tierra»**… ¿Qué me decís? ¿No es fantástico?

Los alumnos se miraron sin saber qué pensar. ¿Una cueva? ¿Qué tenía eso de extraordinario? ¿Acaso era propio de un espía explorar el interior de la tierra? Desde luego, no lo parecía… ¡Y para eso habían competido en la yincana! **De pronto, los Calavera y los Araña comenzaron a envidiar al equipo de Mercedes.** Ellos seguirían con el entrenamiento de rutina: las prácticas de tiro, el laboratorio, la escalada… Todas esas actividades ahora les parecían mucho más

atractivas que meterse en una oscura y húmeda gruta.

La desilusión debió de hacerse muy patente en el rostro de los pupilos, pues el director, meneando la cabeza, les reprochó su cortedad de miras:

–Veo que no os dais cuenta de la importancia de esta «misión». Don Fausto os ha autorizado para que seáis la cabecilla de un proyecto que está llamado a hacer historia. ¡Pasaréis a la posteridad! ¿A qué se deben, entonces, esas caras tan mustias?

Era evidente que se trataba de una pregunta retórica que no esperaba respuesta, pero **VICENTE** pareció no darse cuenta y, ante el estupor de sus compañeros, levantó el dedo para contestar. Los Araña lo conocían bien y sabían que era capaz de decir cualquier **disparate**, así que contuvieron la res-

piración el tiempo que el joven tardó en levantarse de la silla y, con voz resuelta, exponer su opinión:

–Lo siento, señor, pero no creo que la espeleología entre dentro de las labores de un espía.

Los cinco chicos se removieron inquietos en su asiento. ¿Cómo reaccionaría el director a la impertinencia del joven? ¿Sancionaría a los Araña?

Por suerte, a **DON EVARISTO** no pareció importarle, pues le respondió con absoluta calma:

–Nunca se sabe dónde se esconde el trabajo de un espía… ¿Por qué no en el interior de una cueva? No te dejes engañar por las apariencias, muchacho.

Y, teniendo en cuenta lo que sucedería días después, no le faltaba razón.

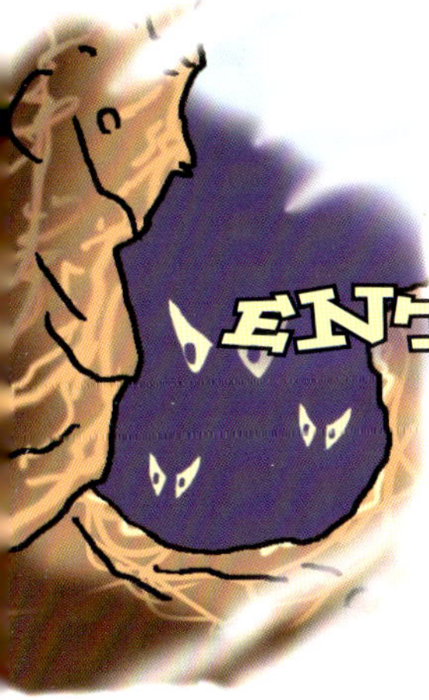

DÍAS DE ENTRENAMIENTO

Los preparativos para la expedición a la cueva les llevaron mucho más tiempo de lo esperado.

El interior de la tierra es un **LUGAR HOSTIL**, y los monitores responsables de la misión sabían que no podían dejar nada al azar, más aún cuando se trataba de una gruta sin explorar. Debían ir equipados para enfrentarse a las circunstancias más diversas: **oscuridad, agua, lodo, desniveles, estrecheces,**

falta de oxígeno... Además, era imprescindible recibir un entrenamiento especial (tanto físico como psicológico).

Esto fue, a grandes rasgos, lo que **Rafa** (monitor de las pruebas de alto riesgo) y **Marta** (monitora de las actividades acuáticas) les explicaron a los pupilos antes de entregarles el material de exploración. Después, tuvieron **prácticas de escalada** durante varios días para familiarizarse con el nuevo equipo.

Al cabo de semana y media, Rafa consideró que los chicos ya estaban preparados y, tras informar a don Evaristo, fijó la salida para el día siguiente a las seis de la mañana.

A CABALLO

Al amanecer del día siguiente, los **Calavera** y los **Araña** se reunieron en la entrada del Barracón poco antes de la hora acordada. Con la mochila a la espalda, esperaban impacientes a que Rafa y Marta los recogieran en los todoterrenos de la finca, pues sabían que la cueva se hallaba a varios kilómetros.

Resulta fácil imaginar la sorpresa mayúscula que se llevaron cuando vieron aparecer por el camino a los dos monitores **montados a caballo**. Tras ellos, una docena de deslucidos **jamelgos**, tan flacos que se les transparentaban las costillas, cami-

naban atados a dos largas cuerdas de las que tiraban los profesores.

–¿No iréis a decirnos que vamos a ir montados en estos pencos, verdad? –les preguntó Jaime con un hilo de voz. El pobre muchacho odiaba los caballos, y, ahora, por segunda vez en pocos días, esos dichosos animales se cruzaban de nuevo en su camino.

–Eso mismo –asintió Rafa desmontando–; y no los menosprecies: puede que no sean purasangres, pero son capaces de llegar a lugares casi inaccesibles y, además, poseen una gran resistencia.

–Pero… ¿no existe otra forma de llegar? –insistió **ALEJANDRA**, que, como el resto de los Araña, conocía el miedo que Jaime tenía a montar y se compadecía de él.

–Si la hubiera, no los habríamos traído, ¿no crees? La cueva se sitúa a bastante altura en la ladera de una montaña. **La única forma de subir hasta allí es a través de un sinuoso y estrecho camino de cabras** por el que es imposible meter un coche; así que elegid caballo y sed amables con él: os espera un largo viaje en su compañía.

Al parecer, no había forma de librarse de los caballos, así que los cinco **ARAÑA** rodearon a su capitán para animarlo y darle algún que otro consejo.

–Lo más importante es que no te pongas nervioso; los caballos sienten el miedo del jinete –le advirtió Beatriz, que era una experta amazona–. Pero si te muestras firme y tranquilo, no tendrás problemas…

–Además, no querrás que los Calavera se burlen de ti –añadió Vicente–; un espía a quien le asustan los caballos: ¿puede haber algo más ridículo? A Esteban le encantaría saberlo.

–Gracias, Vicente –repuso, molesto, Jaime–; ahora me siento mucho mejor.

–Tiene razón Beatriz. No vas a correr ningún peligro –insistió Manuel–. Nadie te va a pedir que galopes ni que saltes una valla; lo más probable es que vayamos al paso todo el tiempo, pues dudo mucho que estos caballos estén bien domados.

–¡Lo estás estropeando...! –susurró con desesperación el pobre Jaime.

Rafa los interrumpió para ordenarles que revisaran las mochilas antes de partir y que, sin más dilación, se montaran en los caballos.

–Doy por hecho que todos vosotros sois capaces de subir a un caballo, y los que no… ¡que se las apañen como puedan! No hay tiempo que perder, tenemos cuatro horas de viaje por delante. –Rafa era un buen monitor, pero a veces resultaba algo duro, pues era partidario de que a los alumnos había que tratarlos con firmeza para sacar lo mejor que llevaban dentro.

La mayoría de los pupilos obedecieron al instante. Solo un chico y una chica de los ***Calavera***, y ***Jaime***, por parte de los Araña, se quedaron clavados en el suelo, incapaces de llevar a cabo la orden de Rafa. Por suerte, Marta, al ver el desconcierto pintado en su rostro, comprendió lo que les sucedía y se ofreció a ayudarlos a montar. Después, les dijo en tono maternal:

—¡Venga, chicos, alegrad esas caras, el camino no conlleva muchas dificultades!

–Salvo por el precipicio… –refunfuñó RAFA, que quería dejar bien claro que no estaba de acuerdo con que a unos aspirantes a espía se les tratara con tanto mimo.

Jaime clavó la vista en Rafa intentando descubrir si hablaba en serio o en broma; pero con él nunca se sabía… ¡Quizá hasta fuera cierto lo del precipicio! Aquel pensamiento le provocó verdadero terror, y, si no llega a ser por la intervención de Esteban, lo más probable es que aún continuara allí plantado, sobre su caballo y sin atreverse a dar un paso. Pero, cuando oyó decir al Calavera: «¡Es increíble! El valiente capitán de los Araña tiene miedo de un inocente asno», la rabia se apoderó de él, y, sin pensarlo dos veces, emprendió la marcha junto a los demás.

¡La aventura comenzaba!

EL VIAJE

Si bien al principio todo fue bien, el viaje resultó mucho más **acci-dentado** de lo que Marta había pretendido hacerles creer.

La primera hora transitaron por caminos llanos y despejados. **Los caballos marchaban tranquilos al paso y los chicos pudieron disfrutar del paisaje sin sobresaltos**; incluso los más experimentados se atrevieron a darse una buena galopada. En cuanto a **JAIME**, durante un buen rato se mantuvo **rígido y agarrotado sobre la silla de montar**; sin embargo, poco a poco fue relajándose, pues el caballo seguía dócilmente la tanda sin necesidad de que él tuviera que

hacer nada. Así, aunque no se podría decir que estuviera disfrutando, al menos no estaba sufriendo.

Pero el panorama cambió radicalmente cuando llegaron a los pies de la montaña en que se encontraba la cueva y comenzaron el ascenso. El terreno, cada vez más abrupto y poco firme a causa de las tormentas de los últimos días, dificultaba el avance cuesta arriba de los caballos, que **se hundían en el lodo y se resbalaban** una y otra vez al desprenderse a su paso las piedras que bordeaban el camino.

Asustados, los animales empezaron a dar muestras de nerviosismo, y a **RAFA** no le quedó más remedio que ir y venir de un extremo a otro de la tanda para tratar de tranquilizarlos. **Entonces, en una de las veces que pasó peligrosamente junto al barranco que se abría a sus pies, su caballo resbaló y a punto estuvo de despeñarse.** Por suerte, era un animal fuerte y logró volver al camino.

Aunque Rafa pudo evitar la desgracia, ***el incidente hizo mella en el ánimo de los chicos***, que ahora marchaban en completo silencio. A un lado, la pared de la montaña se alzaba con un perfil tan recortado que parecía se les fuera a venir encima; del otro, **el barranco se iba haciendo más y más profundo**.

El ascenso estaba siendo tan difícil que Marta comenzó a temer que los muchachos perdieran los nervios y el pánico cundiera entre los caballos. Para evitar una situación tan peligrosa, una y otra vez les recordaba que no miraran hacia abajo; pero resultaba casi imposible ignorar el abismo que se abría justo a su lado... **¡Era como si los ojos tuvieran vida propia!**

Cerca de hora y media tardaron en subir la ladera, y media hora más en llegar a la entrada de la cueva. Fue una dura prueba tanto para los animales como para los jinetes, que, cuando por fin echaron pies en tierra, dejaron escapar un gran suspiro de alivio.

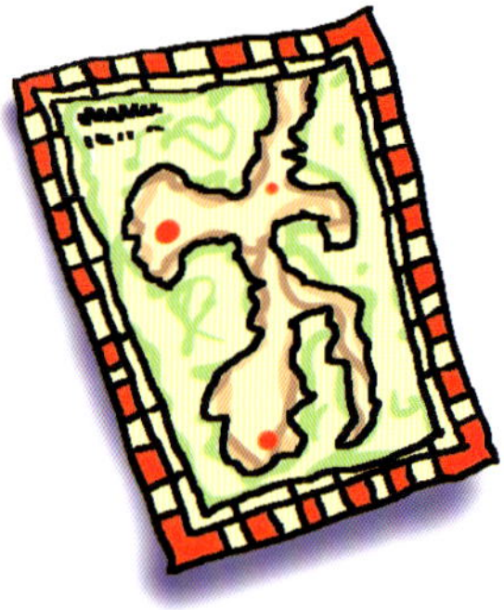

LA PRIMERA INSPECCIÓN

La **CUEVA** que días atrás había descubierto el equipo de don Evaristo era una oquedad de la altura de un adulto y un par de metros de ancho, que, oculta por una **maraña de zarzas y matorrales**, se abría en la roca.

Sería lógico suponer que, después de haber viajado durante cuatro largas horas para llegar a este lugar, los chicos se mostraran ***entusiasmados*** al verse frente a la cueva, pero, lejos de eso, la contemplaban ***taciturnos***, pues la tensión del camino los había dejado exhaustos. Entonces Rafa, tratando de devolver el optimismo al grupo, les dijo:

–Antes de comenzar la exploración vamos a comer algo para reponer fuerzas. Por vuestras caras deduzco que estáis **a punto de desfallecer**… ¿Qué pasa, chavales, cuatro horas a caballo es demasiado para vosotros?

–No seas injusto, Rafa –lo recriminó Marta–; cuatro horas a caballo es demasiado para cualquiera que no esté entrenado… ¡A mí me duelen hasta las pestañas!

–Bueno, pues más vale que os recuperéis pronto; tenemos mucho que hacer: hay que montar el campamento, repartir las provisiones y programar la primera inspección.

Los dos monitores habían previsto estar **un máximo de tres días** en el lugar, el tiempo que estimaban tardarían en recorrer la cueva. Por supuesto, solo se trataba de una aproximación, pues, en realidad, **nadie sabía la profundidad de la gruta**.

Después del enorme esfuerzo físico que habían realizado, los muchachos devoraron con avidez unos enormes **bocadillos de chorizo, unas cuantas barritas energéticas y varios puñados de frutos secos**. Solo entonces se sintieron con fuerzas de montar las tiendas de campaña, conducir los caballos hasta un río que fluía cerca para que saciaran su sed, y, por último, planificar el día.

Entre todos llegaron al siguiente acuerdo: sabían que **don Evaristo y su equipo habían recorrido medio kilómetro de la cueva** antes de regresar; pues bien, su objetivo sería lle-

gar al mismo punto que ellos (lo que no les resultaría difícil gracias a las marcas que habían dejado en las paredes), y avanzar un kilómetro más. ***Después, volverían sobre sus pasos.***

Una vez planificada la inspección era el momento de ponerse el equipo. Primero, se enfundaron dos **monos** (el primero, térmico, y el segundo, impermeable); después, se calzaron unas **botas de agua de caña alta**, y, por último, se protegieron las manos con unos **guantes**, y la cabeza con un **casco dotado de linterna**. A decir verdad, su aspecto era bastante cómico a plena luz del día y bajo el fuerte calor estival; pero, en cuanto entraron en la oscura y fría cueva, todos agradecieron ir cubiertos de pies a cabeza.

En el interior de la gruta, la temperatura era fresca y la humedad alta. Bajo el haz de sus linternas, las paredes, de un color amarillento, mostraban una textura resbaladiza y brillante. Todo allí era silencio y oscuridad, y los chicos se sintieron abrumados por el misterio que los envolvía.

–Muy bien, chavales, ha llegado el momento de la diversión –rompió el silencio Rafa–. ¿Veis esa marca de la pared? –les preguntó señalando una pequeña línea horizontal trazada en rojo a un metro del suelo–. Es nuestro punto de partida. Cuando sobrepasemos la última de esas marcas, seremos los

primeros humanos en pisar este lugar… ¿No sentís que un escalofrío os recorre la espalda?

Los chicos, que habían formado un corro alrededor del monitor, se escrutaron los unos a los otros **tratando de averiguar cómo se sentían**. A algunos (como a Manuel, por ejemplo) les brillaban los ojos de la emoción; otros se mostraban indiferentes, como si aquello no les interesara en absoluto, e incluso a unos pocos se les veía incómodos en aquel entorno desconocido y hostil.

–En el punto donde don Evaristo se dio media vuelta –tomó la palabra Marta–, la cueva se bifurca en dos, por lo que Rafa y yo hemos decidido que, llegados a ese punto, nos dividiremos. Muy bien, creo que eso es todo por el momento. ¿Tenéis alguna pregunta?

–Ejem –carraspeó Santi antes de hablar–, yo solo

quería saber si esta actividad entraña algún riesgo...

–No sería justo decir que el **benjamín de los Araña** fuera un cobarde, pero sí que, comparado con sus compañeros, a veces pecaba de un exceso de prudencia poco habitual en un muchacho de su edad, y menos aún en un aspirante a espía.

La contestación de Rafa fue tajante:

–Por supuesto que hay riesgos... Vamos a adentrarnos varios kilómetros en las profundidades de la tierra. ¿Qué esperabas?

–¡No le hagas caso, Santi! –repuso Marta, molesta. Sabía por experiencia que los nervios y el miedo no eran buenos compañeros de expedición. ¿De qué les serviría dirigir a un grupo de jóvenes muy bien informados pero aterrorizados?–. Tanto

Rafa como yo -añadió- somos expertos espeleólogos; no vamos a exponeros a ningún riesgo que no podamos controlar...

Pero la expresión de **RAFA** no dejaba lugar a dudas: ni ellos ni nadie serían capaces de controlar los peligros de una cueva, y Vicente, comprendiéndolo al instante, le susurró a Beatriz al oído:

—Si las cosas se ponen feas, tú y yo nos volvemos... ¡No estoy dispuesto a morir en una maldita cueva!

La Araña lo miró con ojos asustados. Por norma, era una chica valiente (de lo contrario, no estaría pasando sus vacaciones en un campamento de espías), pero aquello eran palabras mayores... No hacía mucho, había leído en el periódico que **DOS EXCURSIONISTAS HABÍAN MUERTO CUANDO EXPLORABAN UNA CUEVA**, y recordaba que el responsable del equipo de salvamento había declarado que la espeleología no era un juego de niños, y que muchos accidentes se podrían haber evitado si los novatos se abstuvieran de meterse donde nadie los llamaba.

Aunque no recordaba las palabras exactas, más o menos ese era el mensaje y, desde luego, ella estaba lejos de considerarse una experta en cuevas, así que agarró la mano de su amigo con fuerza y le suplicó:

–¡Prométeme que regresaremos ante el más mínimo riesgo; aunque nos sancionen por ello!

–¡Claro, no pienso poner en peligro tu vida! –le contestó con vehemencia Vicente, que de pronto se sentía responsable de Beatriz–. Iré a tu lado todo el tiempo y no te perderé de vista.

–¿Seguro?

–Seguro.

UNA TERRORÍFICA APARICIÓN

El grupo se puso en camino con **RAFA** a la cabeza y **MARTA** cerrando la expedición. A la entrada, que era grande y espaciosa, le siguió un **estrecho corredor** que los obligó a ir en fila de a uno. De momento, el suelo, aunque resbaladizo, era regular, y el techo se elevaba varios metros sobre su cabeza, por lo que caminaban a buen ritmo y sin dificultad. Libres de una preocupación mayor, enseguida los chicos se pusieron a hablar entre ellos.

Jaime, Manuel y Alejandra iban comentando lo mucho que deseaban que la cueva les deparara alguna sorpresa alucinante. Manuel, que era un ávido lector de la revista **Natio-**

nal Geographic y estaba al tanto de lo interesantes que podían llegar a ser las grutas, estaba convencido de que, si don Evaristo los había enfrascado en el proyecto, era porque creía que aquel lugar encerraba un asombroso misterio.

–¡Algo increíble debe de haber en esta cueva; no me cabe duda! –exclamó entusiasmado–. Estos sitios son alucinantes... ¡Podemos descubrir cualquier cosa!

–¿Tú crees? –le preguntó Alejandra, contagiada con el entusiasmo de su amigo.

–¡Pues claro! –le respondió con rotundidad.

–Quizá el único objetivo es que nos iniciemos en la espeleología y que ayudemos a topografiar este lugar... –trató Jaime de poner un punto de sensatez en la conversación. Sin embargo, los otros dos prefirieron ignorarlo y seguir dando rienda suelta a su imaginación.

Tras cerca de media hora de camino por el estrecho pasadizo, fueron a parar a **una galería de dimensiones tan gigantescas** que, pese a contar

con catorce linternas, los haces se perdían en la oscuridad.

Era una sala enorme, casi perfectamente circular, de unos treinta metros de altura y otros tantos de perímetro. Del techo colgaban **PUNTIAGUDAS ESTALACTITAS** de color blanquecino, y el suelo estaba agujereado por pequeños cráteres inundados de agua. La belleza de aquel ***mágico lugar*** no parecía de este mundo, y los chicos, que nunca antes habían visto nada similar, se quedaron boquiabiertos. Finalmente, fue **Rafa** quien rompió el encanto al decir:

–Venga, chicos, ya habrá tiempo más adelante para deleitarse con el espectáculo; ahora debemos buscar la siguiente marca roja.

Los jóvenes se dividieron por parejas y comenzaron a inspeccionar el lugar. Lo primero de lo que se dieron cuenta era de que no había ninguna otra salida a nivel del suelo, pero que, sin embargo, a diferentes alturas de la pared se abrían

cuatro oquedades. En segundo lugar, y al no encontrar ninguna marca roja en la galería, comprendieron que tendrían que escalar hasta alcanzar los cuatro agujeros, pues seguramente en uno de ellos encontrarían la marca que buscaban.

Una vez llegaron a esta conclusión, los monitores prepararon el equipo de ascenso: **arneses, mosquetones, cuerdas, sistemas de bloqueo**... Después, Rafa dio las siguientes instrucciones:

–Yo escalaré hasta aquella oquedad, la que está a más altura. –Y dirigió el haz de su linterna hacia un agujero que, a unos seis metros del suelo, se abría en la pared de piedra–. **Marta**, por su parte, ascenderá hasta esa de ahí. –Esta vez se trataba de una abertura situada a unos cinco metros–. **Jaime**, tú te ocuparás de aquella otra. –Una oquedad que no estaba a más de tres metros del suelo–. Y tú, **Esteban**, de la cuarta.

–Los demás –añadió Marta– podéis inspeccionar más a fondo para asegurarnos de que no hemos pasado por alto alguna señalización de don Evaristo.

Rafa, Marta y los dos capitanes se pusieron manos a la obra vigilados desde el suelo por sendos ayudantes. El resto se distribuyó por la enorme galería.

–Este sitio me pone los pelos de punta –le susurró Beatriz a Vicente, que, como había prometido, no se había separado de ella ni por un segundo–. Es como si estuviéramos en la Luna: uno esperaría ver aparecer un alienígena tras una de esas rocas en cualquier momento… –Beatriz se refería a unas enormes columnas que se forman cuando una estalactita (procedente del techo) se une a una estalagmita (que emerge del suelo).

–Sí, es espeluz… –fue a contestar Vicente cuando un **chillido desgarrador** cruzó la galería y se repitió a causa del eco varias veces antes de desvanecerse.

Aterrada, **Beatriz** le clavó las uñas a **Vicente** en la mano tan profundamente que el Araña a punto estuvo de dejar escapar un grito de dolor.

–¿¡Qué es eso!? –exclamó despavorida.

–¡No lo sé! –repuso el chico no menos asustado–; pero viene de allí. –Y señaló con el dedo un rincón de la enorme sala que permanecía en penumbra.

Los dos amigos, cogidos de la mano, se quedaron **PETRIFICADOS** en el sitio, y no reaccionaron hasta que **Manuel**, que pasó junto a ellos tan rápido como el irregular suelo de la galería lo permitía, les gritó.

–¿Pero qué hacéis ahí pasmados? ¡Parecéis bobos! ¡Creo que es Álex quien ha gritado!

Efectivamente, minutos antes, **Alejandra** se había dirigido ella sola hacia la parte más oscura y alejada de la galería, y **MANUEL**, que se había quedado con Jaime por si necesitaba ayuda durante el ascenso, la había estado observando hasta verla **desaparecer envuelta por las tinieblas**. Por eso, cuando oyó el terrible grito, fue el primero en salir en auxilio de su compañera de equipo.

En cuanto el joven Araña llegó al oscuro rincón donde había perdido de vista a Alejandra y el haz de su linterna iluminó el lugar, **lo primero que vio fue a la joven acurrucada contra la pared**, con la

cabeza oculta entre las manos y el cuerpo recorrido por pequeñas sacudidas. Después, dirigió la luz en torno suyo y descubrió un **espectáculo aterrador**: a menos de un metro de él, una decena de alargadas figuras de color lechoso y unos dos metros de altura le observaban impasibles como si fueran soldados de un ***ejército fantasmagórico***.

En un primer instante, **Manuel sintió que el miedo se apoderaba de él**, y a punto estuvo de gritar aún con más fuerza que Alejandra; pero, tras dominar este primer impulso, observó con más detenimiento los extraños fantasmas y se dio cuenta de que, en realidad, no eran más que formaciones de roca pulida por el agua. **Una roca de aspecto tenebroso, pero roca al fin y al cabo.**

Superado el susto, **Manuel corrió a consolar a Álex**. Al principio, le costó un poco hacerla entrar en razón, pues la sugestión del lugar era tan intensa que la joven estaba convencida de que las extrañas figuras habían avanzado hacia ella para atraparla. Al fin, Manuel le hizo ver que nada de eso había sucedido, y que había sido **víctima de su imaginación**.

En cuanto Álex comprendió su error, enrojeció hasta las orejas y, zafándose del brazo de Manuel con violencia, se levantó de un salto. Entonces, lo miró con desdén y le espetó antes de salir corriendo:

—No voy a suplicarte, pero preferiría que no les contaras a los demás lo que me ha pasado.

A **Manuel** le hubiera gustado decirle que jamás diría ni haría nada que pudiera perjudicarla, pero Alejandra se había marchado tan rápido que no le dio la oportunidad.

Cualquiera se habría dado cuenta de que Álex, en realidad, **no estaba**

enfadada con Manuel, sino consigo misma; pero el Araña no era muy hábil interpretando las emociones de los demás, y se sintió dolido por la forma en que su amiga le había tratado.

En su huida, **Alejandra se cruzó con Bea y Vicente**, que se dirigían hacia el fondo de la galería e intentaron retenerla para preguntarle qué había pasado, pero ella los esquivó sin ni siquiera mirarlos.

Segundos después, fue Manuel el que se cruzó con ellos, y, de nuevo, trataron de sonsacarle información, pero todo lo que obtuvieron de él fue una mirada de disgusto y una vaga explicación:

-No ha pasado nada; Alejandra tropezó.

Bea y Vicente se miraron incrédulos, se encogieron de hombros y, dando media vuelta, regresaron junto a los demás.

De nuevo, los fantasmas de la cueva de Valle Oscuro regresaron a la profunda oscuridad que los envolvía desde hacía millones de años.

¿A QUIÉN LLAMAS GORDO?

Mientras este incidente tenía lugar, **Rafa, Marta, Jaime y Esteban** habían logrado escalar por las paredes de la galería hasta alcanzar las cuevas y, ahora, tras inspeccionarlas, se dispusieron a informar al resto de lo que allí había.

-Esta cavidad no tiene salida -les comentó Marta al tiempo que comenzaba a descender por la pared-: un derrumbe la ha taponado.

–Yo he inspeccionado palmo a palmo esta cueva y aquí no hay rastro de ninguna **MARCA ROJA** –gritó **JAIME** asomando la cabeza por la entrada de su gruta.

Entonces, la voz de **RAFA**, que apenas se oía por la distancia, surgió de las profundidades de la oquedad que se hallaba a más altura:

–*¡Aquí está; ¡he encontrado la marca!* Este es el camino que debemos seguir. Os lanzaré la escala para que podáis llegar hasta aquí.

Uno a uno, los chicos fueron subiendo por la estrecha y, en apariencia, frágil escala de aluminio que el monitor les lanzó. Pero, cuando le llegó el turno a **Fernando (el «peso pesado» de los Calavera)**, el pobre chaval sintió que la frente se le cubría de gotas de sudor frío: ¡no se creía que aquella «escalera de juguete» pudiera soportar su voluminoso cuerpo!

–¡Vamos, **«Gordo»**, tú puedes! –lo animaban desde arriba sus compañeros de equipo (Gordo era el apelativo cariñoso que le habían dado sus amigos de Valle Oscuro, y al chico parecía gustarle).

Pero, pese a los ánimos de sus compañeros y a las palabras tranquilizadoras de los monitores, **Fernando**, que ahora tenía ya el cuerpo empapado en sudor, no se decidía.

Entonces BEATRIZ, la única que quedaba junto a él por subir, trató de convencerlo con todos los argumentos que se le ocurrieron. Primero, aludió a su **orgullo de espía**, pero aquello no dio resultado. Después, intentó hacerle ver que, si la escala había aguantado el peso de una adulta (la monitora), seguro que soportaba el suyo; sin embargo, Fernando estaba convencido de pesar mucho más que la delgadísima Marta. Al final, se acordó del episodio de Álex, y, bajando la voz, le dijo en tono misterioso:

–Deberías subir... si no quieres quedarte solo en esta galería embrujada.

–¿Embrujada? –preguntó el Calavera con escepticismo.

–¿Acaso no oíste el grito de antes?

–Sí, pero…

–Al fondo de la galería, Alejandra descubrió un antiguo **cementerio indio**. –Según las palabras salieron de su boca, Bea se dio cuenta de la tontería que acababa de decir, pero es que hacía poco había visto una película americana en la que sucedían cosas terribles a una familia porque **su casa se había construido sobre un cementerio indio**, y fue lo primero que se le vino a la cabeza, por mucho que jamás hubiera habido indios en nuestro país.

Pese a lo absurdo de la historia, a **FERNANDO** pareció causarle una honda impresión, pues, tras dirigir una mirada asustada hacia el fondo de la galería, se secó las manos sudorosas en el pantalón y comenzó a escalar a toda prisa. Como era de esperar, la escala aguantó su peso sin problemas.

Ahora solo quedaba Beatriz en la galería. A su alrededor, todo era silencio y penumbra, y la Araña, asustada con su propia historia, se abalanzó despavorida sobre la escala y subió los peldaños de dos en dos sin volver la vista atrás.

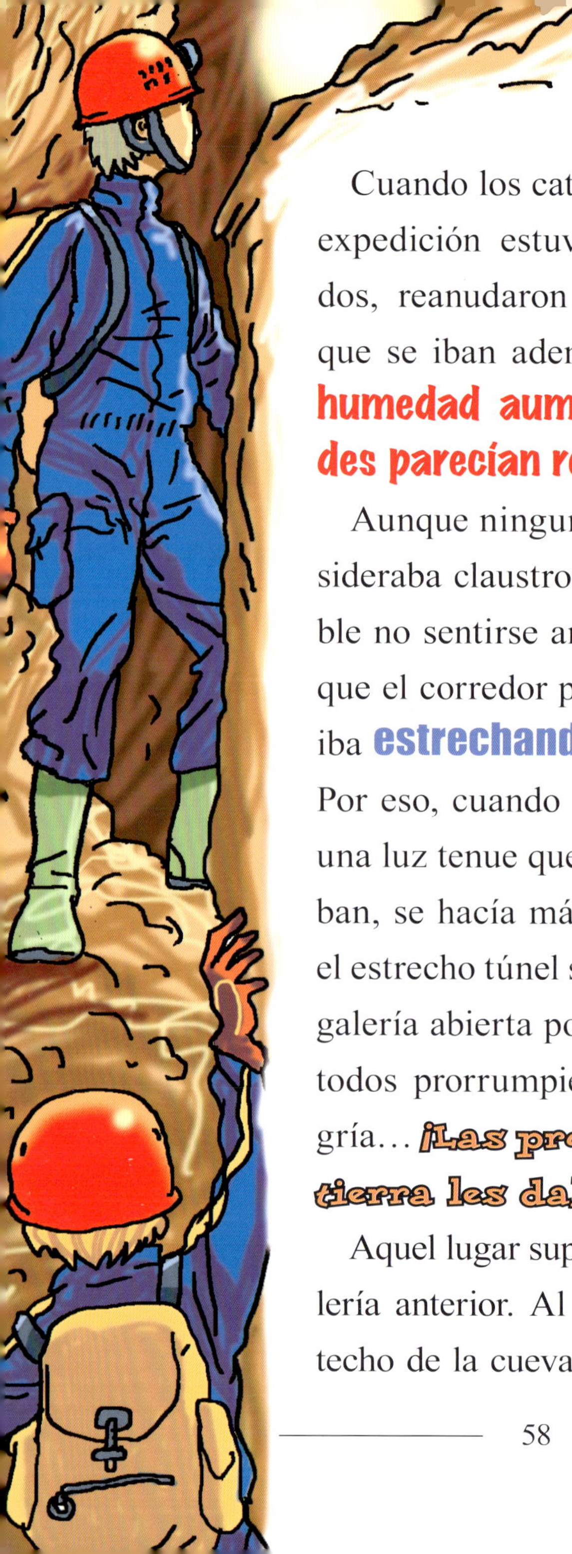

Cuando los catorce componentes de la expedición estuvieron de nuevo reunidos, reanudaron la marcha. A medida que se iban adentrando en la cueva, **la humedad aumentaba y las paredes parecían rezumar agua**.

Aunque ninguno de los chicos se consideraba claustrofóbico, era casi imposible no sentirse angustiado al comprobar que el corredor por el que caminaban se iba **estrechando** cada vez más y más. Por eso, cuando vislumbraron a lo lejos una luz tenue que, a medida que avanzaban, se hacía más potente, y, de pronto, el estrecho túnel se convirtió en una gran galería abierta por el techo al cielo azul, todos prorrumpieron en vítores de alegría... **¡Las profundidades de la tierra les daban un respiro!**

Aquel lugar superaba en belleza a la galería anterior. Al haberse derrumbado el techo de la cueva, el sol entraba a rauda-

les, iluminando cada rincón y produciendo destellos irisados en el agua de un profundo pozo que había en el centro. Por si esto fuera poco, la combinación de humedad y luz había permitido crecer una **frondosa vegetación**, que daba un aire selvático al lugar.

Una vez recuperados de la impresión que les causó tanta belleza natural, **Rafa y Marta** atravesaron la galería para ver a dónde conducía, pues, por la distancia que llevaban recorrida, tenían la certeza de que era aquí donde **DON EVARISTO** y su equipo se habían dado la vuelta.

Por su parte, los **Araña y los Calavera** se pusieron a buscar la famosa marca roja en el interior de la sala.

Fue entonces cuando tuvo lugar un desafortunado suceso. Todo comenzó con un **inocente comentario** que Vicente le hizo a Fernando.

–¡Eh, **GORDO**, ahora no me negarás que te alegras de haber subido por esa escala! Sitios así no se ven todos los días… –le dijo mientras le daba unas palmaditas amistosas en la espalda.

Pero a **Fernando** pareció no gustarle que un miembro del equipo rival utilizara su apodo para dirigirse a él, y, pese al tono amistoso de Vicente, **se encaró a él con el puño levantado**.

–¡No me vuelvas a llamar gordo, **«enano»**, ni me pongas las manos encima nunca más!

–¿Cómo me has llamado, chaval? ¿Enano? ¡Te vas a tragar tus palabras! –Y, sin dar tiempo a que los demás reaccionaran, los dos chicos se enzarzaron en una pelea.

Al momento, Jaime corrió a separar a Vicente, pero, entonces, Esteban le gritó:

–¡Vaya, hombre, aquí está el valiente de los Araña, el que moja los pantalones por tener que subirse en una inofensiva mula y...!

JAIME no le dejó terminar la frase, pues se arrojó sobre él con tanto ímpetu que ambos cayeron al suelo, y, una vez allí, comenzaron a pelearse.

El resto de los Araña reaccionaron de manera diversa. Santi, que odiaba la violencia más que a nada en el mundo, se apartó del bullicio todo lo que pudo y, pegado a la pared, contemplaba la escena con repulsión. MANUEL trató de separar a unos y a otros, pero, cuando recibió un puñetazo en la nariz que casi lo derribó, perdió los nervios y se metió de lleno en la pelea. BEATRIZ, por su parte, en cuanto vio que Fernando aprisionaba a Vicente con todo el peso de su cuerpo contra el suelo, intentó levantar al Calavera por los hombros, pero no pudo hacerlo porque Susana, otra Calavera, se lo impidió propinándole un fuerte empujón que la derribó.

Ni que decir tiene que, en cuanto ALEJANDRA

vio a su amiga en el suelo, corrió a ayudarla. Entonces, y, solo por accidente, recibió de parte de Esteban un codazo en la boca. Aquello fue la gota que colmó el vaso: **Vicente, Manuel y Jaime**, que hasta entonces más que atacar se estaban defendiendo, consideraron una ofensa imperdonable golpear a una chica (pues ninguno sabía que no había sido intencionado), y, si no llega a ser porque en ese momento un potente silbido cruzó la galería seguido de un autoritario **«¡Parad ahora mismo!»**, la pelea se habría encrudecido.

Gracias a Santi, que había corrido a avisar a los monitores en cuanto vio que las cosas se ponían feas, no hubo que lamentar daños mayores. Aun así, tanto **Rafa** como **Marta** estaban decepcionados con su comportamiento. Tan solo unos minutos antes, los habían dejado inspeccionando la gruta tranquilamente, y, ahora, de pronto, se los encontraban así… **¡ENZARZADOS EN UNA BATALLA CAMPAL!**

–¡Esto es intolerable! –les increpó Rafa–. ¿Qué clase de espías sois que no sabéis controlaros?

–Es que… –fue a justificarse Bea.

–¡No hay excusas que valgan! Jamás lograréis nada a través de la violencia. Creía que estaba con un grupo de chicos sensatos, no con un puñado de salvajes sin nada en la mollera. Me habéis decepcionado. –Dicho esto, Rafa se apartó del grupo para hablar con Marta y, minutos después, regresó junto a los ya arrepentidos jóvenes y añadió–: Como sanción, la exploración ha concluido por hoy. –Estas palabras fueron acogidas con grandes quejas y lamentos por parte de los chicos, pero el monitor se mantuvo inflexible–: no es tiempo de lamentaciones, haberlo pensado antes.

–No serviría de nada que nos disculpáramos… –se atrevió a decir Jaime.

–Estaría bien, pero no va a cambiar en nada nuestra decisión –le respondió MARTA–. Peleas aparte, os interesará saber que hemos

encontrado la última marca que hizo don Evaristo. A partir de mañana, nos dividiremos en dos grupos. Ahora bien, ya que habéis demostrado no estar a la altura de las circunstancias, seremos nosotros los que decidamos quiénes van en cada grupo… ¡Y os aseguro que no os vamos a permitir que sigáis los Araña por un lado y los Calavera por otro!

–¡Eso es! –apoyó con énfasis Rafa las palabras de su compañera–. Ya va siendo hora de que os conozcáis mejor los unos a los otros y os hagáis amigos.

Aquello sí que era un castigo terrible, pensaron los seis Araña; ¡tener que aguantar a los Calavera después de lo sucedido! Rafa y Marta eran unos ingenuos si pensaban que obligándolos a estar juntos iban a cambiar las cosas…

Pero, a la luz de lo que sucedería más adelante, los monitores sabían muy bien lo que se hacían.

PASADOS POR AGUA

Aquel primer día de expedición había resultado **agotador** para todos. Tan cansados estaban que, en cuanto salieron de la cueva, se dejaron caer al suelo y, durante unos minutos, permanecieron boca arriba en silencio mirando al cielo. Pero no les duró mucho el descanso, pues enseguida **RAFA** (poco aficionado a la holgazanería) los sacó de su **modorra**.

–Atendedme todos –les dijo–; debemos distribuirnos el trabajo. Unos cuantos iréis a **coger ramas**

secas y yesca para encender una buena fogata esta noche. Otros me ayudaréis a trazar un **plano de la cueva**, y un tercer grupo se ocupará de **limpiar la entrada de la gruta** de piedras y maleza... No me extrañaría que esta noche tuviéramos que dormir allí: va a haber tormenta.

Y así fue. Al atardecer, **el aire se impregnó del inconfundible olor a lluvia; los grajos comenzaron a graznar con fuerza y unos amenazantes nubarrones de color gris oscuro cubrieron el pálido sol vespertino**.

Las tormentas de verano son un espectáculo digno de ver,

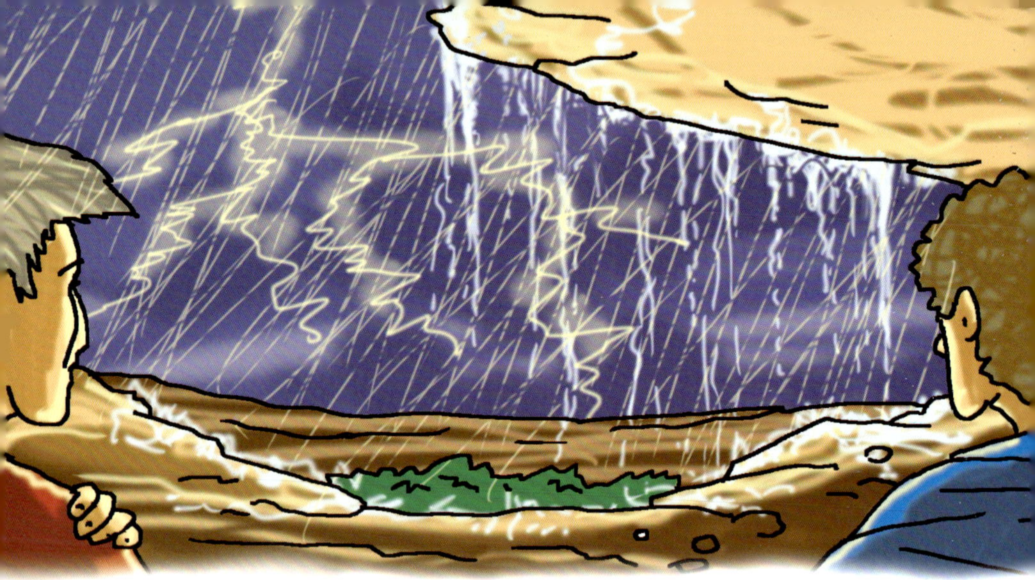

pero, cuando uno está en plena naturaleza, el temor de verse **alcanzado por un rayo** las convierte en algo aterrador, y los chicos, en vez de ayudar a levantar el campamento, observaban el cielo como si nunca antes hubieran presenciado nada igual.

–¡Espabilad! –les gritó Marta–. Hay que refugiarse cuanto antes...

Justo en ese momento, un descomunal trueno retumbó en el aire y, casi al instante, comenzó a llover; y no fueron los clásicos goterones que, poco a poco, van haciéndose más abundantes, sino **una lluvia intensa y fría que, en pocos segundos, los dejó calados hasta los huesos.**

A toda velocidad, el grupo desmontó las tiendas, recogió las provisiones y se resguardó en la húmeda cueva. Empapados hasta la médula y temblando de frío, los pupilos de Valle Oscuro contemplaban la lluvia desde la entrada de la cueva. En ese momento, se sentían muy desdichados. A ninguno le gustaba la idea de pasar la noche en la oscura gruta y, por si eso fuera poco, la pelea de la tarde había enrarecido el ambiente y, ahora, **los Araña y los Calavera se miraban con recelo y antipatía.**

Aquella fue una noche gélida y triste, y, una vez más, los chicos **envidiaron a los Tigre de Mercedes**, tan a gusto en sus mullidas y confortables camas de Valle Oscuro.

UN OSCURO TOBOGÁN

El día siguiente amaneció soleado, y los chicos pudieron **poner a tender** en las ramas de los árboles la ropa que se les había empapado la noche anterior, y desayunar al aire libre. **Era agradable sentir en la piel el calor tibio del sol después de haber pasado la noche entera en la húmeda y fría cueva.** Poco a poco, se les fue desentumeciendo el cuerpo y, tras un vaso de leche bien caliente y unas cuantas rebanadas de pan tostadas al fuego, el grupo recobró las fuerzas perdidas; incluso el ***tenso ambiente*** de la noche anterior parecía haber desaparecido, y Arañas y Calaveras charlaban como si nada hubiera pasado.

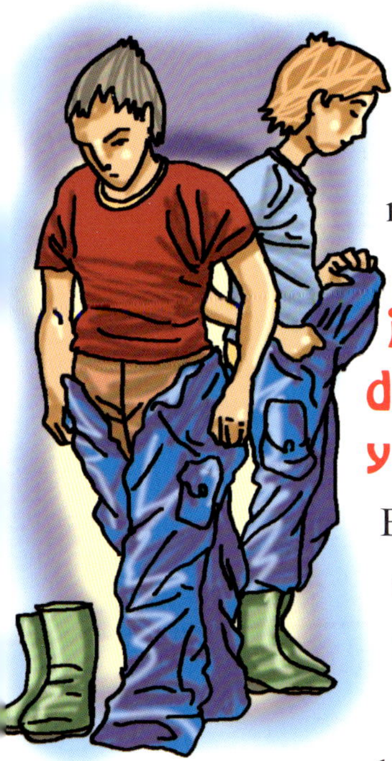

Pero todo lo bueno se acaba, y los monitores no tardaron en avisarlos de que debían regresar a la cueva... **¡Daba tanta pereza enfundarse de nuevo en los monos y volver a la fría oscuridad!** Era cierto que la gruta había resultado impresionante, pero, aun así, hubieran preferido aquel día disfrutar del sol de la mañana y explorar los alrededores.

La expedición de Valle Oscuro recorrió el mismo camino que el día anterior, aunque esta vez tardaron menos tiempo, pues ya conocían la ruta. Llegaron a la **«Galería de los fantasmas»** (como los Araña la habían bautizado); escalaron hasta la gruta que descubriera Rafa, y acabaron en la **«Galería sin techo»**.

–Como os dijimos, aquí la cueva se bifurca en dos, así que nos dividiremos –les anunció MARTA–.

Jaime, Alejandra, Manuel, Fernando, Susana y Natalia vendréis conmigo; **Esteban, Pedro, David, Vicente, Beatriz y Santi** iréis con Rafa.

Los chicos acogieron las palabras de Marta con

gran decepción. Si a estas alturas la exploración de la cueva despertaba en ellos poco entusiasmo, menos atractivo resultaba aún hacerlo en compañía del equipo contrario; pero era evidente que los monitores no iban a transigir, de modo que, tras despedirse de sus amigos como si no los fueran a ver en años, **los dos grupos se separaron.**

Marta, Jaime y los demás emprendieron la marcha por un corredor que, si bien no era muy estrecho, les obligaba a ir encorvados, pues solo medía poco más de un metro de altura. Ir en esta postura resultaba agotador y, al cabo de un rato, los chicos comenzaron a resentirse:

–¡Me duele la espalda! –le dijo con voz lastimera

Alejandra a su capitán, que caminaba delante de ella.

–A mí también. Pero no te preocupes, seguro que pronto desembocaremos en una galería –le respondió Jaime, siempre optimista.

–¿Tú crees? Este pasadizo parece que no fuera a acabar nunca... ¡Ya llevamos una media hora caminando por él! Y, para colmo, **FERNANDO** no deja de molestarme... ¡Parece bobo ese chaval! –le comentó en susurros Alejandra.

En realidad, el Calavera, que iba detrás de ella en la tanda, **solo pretendía ser simpático**, pero, como no se le ocurría nada que decir, comenzó a contarle chistes. Al principio, **ÁLEX** se reía por cortesía, pero cuando ya iba por el séptimo ni siquiera sonreía, y, en el undécimo, se volvió furiosa hacia él y le espetó: **«Eh, Fernando, ¿es que no captas una indirecta? No me hacen ni pizca de gracia tus chistes. ¿Me podrías hacer un favor?... ¡Cállate!»**.

A veces, Álex era muy brusca y mordaz, y, si no se la conocía bien, podía llegar a resultar antipática. Precisamente eso fue lo que pensó de ella el Calavera, que se dijo para sus adentros: **«¡Será estúpida la Araña esta! Pues, ahora, por mucho que me suplique, no pienso hablar con ella...»**. Y, en adelante, Fernando solo se dirigió a sus amigas de equipo (Natalia y Susana), que venían detrás de él en la fila.

Continuaron la marcha en silencio y, de pronto, tras un recodo, **el túnel comenzó a descender**. Al principio, se trataba de una ligera inclinación, pero poco a poco fue adquiriendo más pendiente, hasta que llegó un momento en que se convirtió en un ***resbaladizo y empinado tobogán***. Marta, entonces, se volvió hacia sus alumnos y les dijo:

–¿Os gusta el parque de atracciones? ¡Pues esto es aún mejor porque no sabemos dónde vamos a aterrizar! –Aunque la monitora pretendía mostrarse despreocupada, en realidad, no le gustaba nada aquello, así que decidió tomar precauciones–. Por si acaso –les dijo–, **me voy a atar una cuerda a la cintura** y, cuando llegue al fondo del túnel, tiraré tres veces seguidas de ella. Entonces, y solo entonces, podrá lanzarse el siguiente, y así hasta que los siete hayamos bajado. ¿Lo habéis entendido?

Los chicos asintieron, y Marta,

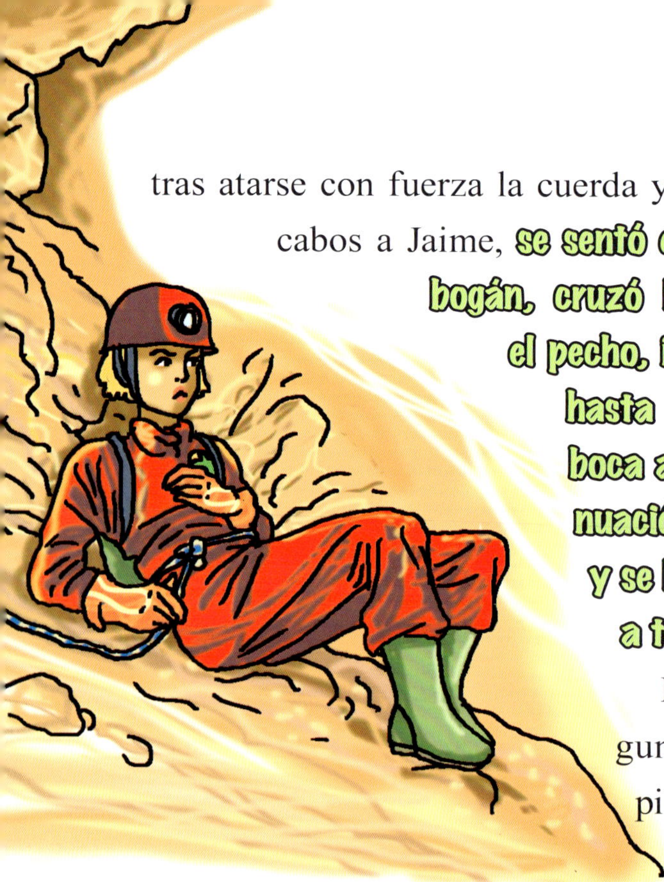

tras atarse con fuerza la cuerda y darle uno de los cabos a Jaime, **se sentó en lo alto del tobogán, cruzó las manos sobre el pecho, inclinó la espalda hasta quedar tumbada boca arriba y, a continuación, se dio impulso y se lanzó túnel abajo a toda velocidad.**

Durante unos segundos, los seis pupilos contuvieron la respiración. ¿Qué ocurriría si a Marta le pasaba algo? ¡Era tan arriesgado lanzarse por una pendiente tan inclinada, a esa velocidad y sin saber lo que te espera al final! **¿Y si el tobogán terminaba siendo demasiado inclinado y la monitora se precipitaba contra el suelo?**

Los pocos segundos que transcurrieron antes de que Jaime sintiera los tres tirones al otro extremo de la cuerda se les hicieron una eternidad. Pero ahí estaba, por fin, la señal: Marta estaba bien, y, ahora, les tocaba el turno a ellos.

El capitán de los Araña se asomó sobre el oscuro tobogán con precaución. Era negro como la boca del lobo, y Jaime sintió que se le helaba la sangre en las venas. Por tercera vez en apenas dos días, de nuevo envidió a los Tigre.

–No pasará nada –trató de animarle ***Alejandra*** al ver a su compañero blanco como el papel. En realidad, ella estaba igual de asustada, lo que hería su orgullo de joven espía. **«¿Será posible que me dé más miedo tirarme por un tobogán que enfrentarme a unos delincuentes como en la misión anterior?»**, se decía con indignación.

JAIME se preparó tal y como había visto hacerlo a la monitora y, antes de lanzarse tobogán abajo, le dijo a su amiga:

—¡Ten cuidado, por favor, Álex!

Dicho esto, se dio impulso y se precipitó por el oscuro pasadizo. La superficie, lisa y resbaladiza, y

el material del que estaba hecho el mono de Jaime contribuían a que descendiera **a toda velocidad**.

Durante los primeros instantes, el Araña se mantuvo con los ojos cerrados, sintiendo la fuerza de la gravedad en la boca del estómago, y el aire frío y húmedo golpeándole las mejillas.

Después, se atrevió a abrir los ojos por un segundo, pero le produjo tal **VÉRTIGO** verse descender a toda velocidad por lo que a él le pareció un tubo de esos que se colocan en las jaulas para hámster que volvió a cerrarlos con fuerza. Y así se mantuvo hasta que, de pronto, se vio lanzado al vacío, y, tras unas

centésimas de segundo suspendido en el aire, **aterrizó... ¡en el agua!**

Entrar en contacto con un agua gélida, de forma imprevista y a toda velocidad le causó una fuerte impresión, y, por un momento, se sintió completamente desorientado. Por suerte, el instinto de supervivencia puso en alerta sus cinco sentidos, que enseguida le hicieron comprender que estaba en el agua y que, si quería **sobrevivir, debía nadar hasta la superficie**.

Cuando logró sacar la cabeza del agua, vio que estaba en el extremo de una gran laguna, y a Marta que se aproximaba nadando hacia él.

–¿Estás bien? –le preguntó la monitora en cuanto llegó a su lado–. He preferido alejarme para que no cayeras encima de mí y nos hiciéramos daño.

JAIME asintió con la cabeza, pues aún no había recobrado la voz a causa del susto.

–¡Tranquilo, pronto te recuperarás! **¡Menudo tobogán, eh!** El otro grupo se va a morir de envidia cuando se lo contemos.

Jaime no estaba tan seguro de que aquello fuera una suerte, pero prefirió no hacer ningún comentario y, en cambio, dijo:

–Voy a tirar de la cuerda para indicar a Álex que ya puede lanzarse.

Mientras los chicos iban cayendo uno a uno a la laguna, Jaime alcanzó la orilla y, una vez en tierra firme, observó con más detenimiento el lugar. Se trataba de una galería de grandes dimensiones, aunque no tanto como la de los «Fantasmas». Al igual que aquella, tampoco tenía ninguna entrada a nivel del suelo, pues el pasadizo por el que se habían tirado estaba a un metro de altura, y solo tenía una salida más: un pequeño agujero situado a unos tres metros de altura. **La oscura y profunda laguna, que ocupaba la mayor parte de la galería, creaba un paisaje asombroso,** y el capitán de los Araña se debatía entre dirigir la vista hacia el punto donde sus compañeros iban aterrizando procedentes del túnel, o dejarse llevar por el juego de luces que el haz de su linterna producía en la superficie del agua.

Pronto se le unió **ÁLEX**. La joven se quitó el casco para vaciarlo de agua, y, tras sacudirse el pelo varias veces, se sentó a su lado y le cogió del brazo cariñosamente.

–¡Ha sido alucinante! –exclamó–. ¡No he dejado de gritar ni un segundo mientras caía a toda velocidad hacia el abismo! ¿Y esta laguna...? ¿Te imaginabas que existiera en el interior de la tierra un lugar tan increíble? Mira, ¡tengo la carne de gallina! –Y, remangándose, le mostró el brazo.

–¡Sí que es alucinante! –admitió Jaime–. Sin embargo, aún no sé si me estoy divirtiendo... **¡He pasado mucho miedo!** ¿Tú no?

–No –repuso Álex con rotundidad–. Confío plenamente en ti, Jaime. Tú me habías hecho la señal de que todo iba bien, y yo no lo he dudado por un momento: ¡ha sido genial!

El **ARAÑA** miró a la joven con cariño. Parecía mentira que en tan poco tiempo se hubieran hecho tan amigos, pero así era. **En la actualidad, haría cualquier cosa por sus compañeros de equipo.**

Al rato, los seis chicos ya habían alcanzado la orilla y el equipo estaba dispuesto para proseguir la marcha. Como solo había una salida posible –el agujero situado a unos tres metros de altura del suelo–, no había duda de por dónde debían seguir, así que **Marta**, equipándose con las herramientas de ascenso, se dispuso a escalar.

Esta vez no había que salvar un gran desnivel, y los chicos treparon sin problemas con la única ayuda de una cuerda.

Sin embargo, una vez arriba, las cosas se pusieron muy feas para el equipo de Marta. La gruta a la que habían trepado era como una especie de vestíbulo que daba paso a un estrechísimo pasadizo por el que solo se podía avanzar... ¡a rastras!

LA GATERA

–¿No pretenderás que nos metamos por ahí? –preguntó, angustiado, **Fernando** a la monitora.

Los jóvenes miraron expectantes a Marta, aunque, en realidad, sabían que no había otra salida.

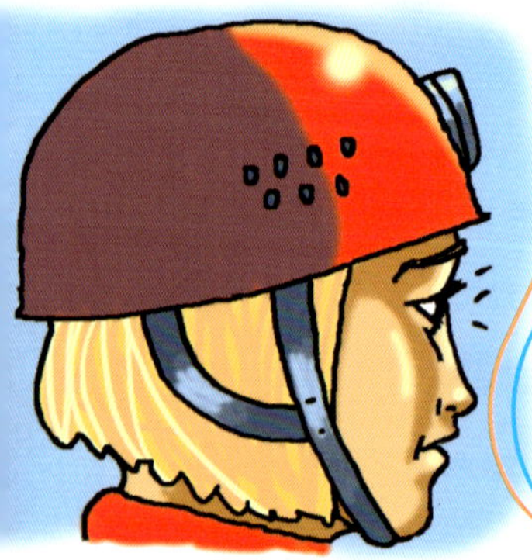

–Lo siento, chicos; no podemos volver sobre nuestros pasos. El tobogán es demasiado empinado y resbaladizo: ¡jamás conseguiríamos ascender por él! No nos queda más remedio que seguir avanzando en busca de otra salida al exterior.

Esta vez, la monitora no fue capaz de disimular su preocupación. Cuando don Evaristo les habló de adentrarse en una cueva con los chicos, ella se mostró en contra, pues, como **experta espeleóloga**, conocía los riesgos; sin embargo, se dejó convencer por el entusiasmo de los otros… Y, ahora, aquí estaba: en un gran aprieto con seis menores de edad a su cargo. Además, era consciente de que había cometido un **terrible error** al lanzarse por el tobogán en vez de haber regresado. Pero de nada servía lamentarse. Ya estaban allí y tenían que seguir adelante.

–Primero, entraré yo y recorreré unos metros –les explicó a los chicos–; después, os avisaré para que me sigáis... ¡Será fácil! –mintió.

La **monitora** se protegió los codos y las rodillas, se tiró al suelo y, arrastrándose, se adentró en la gatera. Al cabo de unos minutos de silencio, su voz les llegó desde las profundidades: podían seguirla.

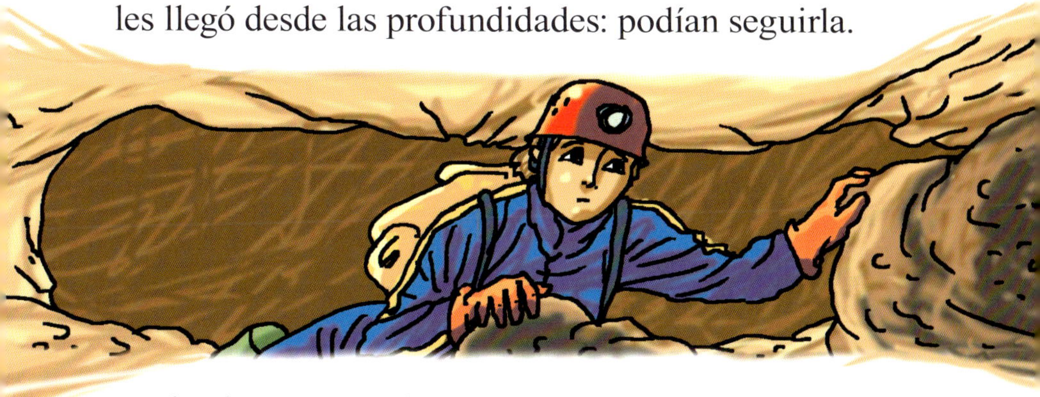

El primero en animarse a meterse por aquel agujero en la roca fue Jaime. No es que no sintiera claustrofobia como el resto de sus compañeros, **¡estaba aterrado!**, pero, como capitán, se veía obligado a dar ejemplo; así que, ahí fue, fingiendo un valor que no tenía.

Al Araña le siguieron **Fernando, Manuel, Álex y las dos Calavera**. Aunque la estrechez del pasadizo y la falta de luz resultaban angustiosas, Jaime trataba de tranquilizarse pensando que Marta ya había pasado por allí y no había encontrado nada extraño en el camino. Así, respiraba hondo y continuaba avanzando por la gatera en completo silencio, pues no quería **malgastar oxígeno**.

Por el contrario, y pese a las recomendaciones de Jaime, **Fernando** no dejó de hablar ni por un segundo; era como si le hubieran dado cuerda.

–Oye, **JAIME** –le dijo en un momento de la marcha–. Espero que no me guardes rencor por la pelea. **Es que ese chaval amigo vuestro, Vicente, es un bocazas**… Pero tú me caes bien.

–Tú también me caes bien, Fernando –le respondió amablemente el Araña.

–En realidad, todos me caéis bien menos el chaval ese… **¡Menudo bocazas!**

–Ya.

–Pero **Bea, Álex, hasta tú, Manuel** –añadió en voz más alta para que Manuel, que se arrastraba detrás de él, pudiera oírle–, me caéis muy bien. Santi también es un buen chaval, aunque un poco rarito… ¡siempre leyendo, y tan miedoso! Pero Vicente; Vicente es…

–Ya lo has dicho –le atajó **JAIME**, que estaba empezando a hartarse de la conversación del Calavera y, además, no le gustaba que criticaran a sus amigos.

Durante unos segundos, **Fernando se mantuvo en silencio**, pero aquello no le gustó, pues, si no hablaba, se concentraba en lo que estaba haciendo,

y era horrible verse dentro de aquella «tubería». Así que volvió a la carga.

–¿Te imaginas lo que ocurriría si, de pronto, una rata enorme viniera hacia nosotros?

–¡Cállate, Gordo!

–Pero ¿qué pasaría? Y si en vez de una sola rata apareciera toda una familia... ¡Creo que las hay a miles! Está claro que tendríamos las de perder. Aquí estamos indefensos; apenas nos podemos mover. ***Sin duda, ¡nos devorarían!*** Primero los ojos; luego, la nariz...

–Pues estate seguro de que empezarían por ti: ¡eres el que más carne tiene! –se burló **MANUEL**.

–¿De qué habláis? –se sumó a la conversación **Alejandra**, que se arrastraba por detrás de Manuel.

–De ratas.

–¡Hay ratas! –exclamó **Susana**, un puesto más atrás que Álex, con voz chillona.

–¡Ratas! –gritó a su vez Natalia, que al estar al final de la fila no había oído la conversación, solo el chillido de su amiga, y, como es lógico, imaginó que Susana había visto un roedor. Entonces, presa

del pánico, comenzó a arrastrarse a **toda velocidad** por la gatera y, cuando alcanzó a Susana, que iba delante de ella, le chilló–: ¡Corre, corre!

Susana pensó, a su vez, que era Natalia la que había visto una rata, así que las dos chicas comenzaron una huida desesperada hacia delante… hasta que se toparon con Alejandra, a quien no les costó convencer de que se arrastrara lo más rápido posible

si no quería ser pasto de las ratas. Aterrada, la Araña avanzó hasta chocarse con los pies de Manuel.

–¡Ratas, ratas! –chillaron a coro las tres chicas.

Y Manuel, creyendo que Natalia había visto venir las ratas por detrás de la fila, se dejó contagiar del histerismo de sus compañeras, y, con voz angustiada, le gritó a Fernando:

–¡Corre, chaval! Tenías razón: ¡hay ratas!

Fue oír estas palabras y Fernando enloqueció. El pobre Calavera, que por lo general se movía lentamente, comenzó a arrastrarse a tal velocidad que hubiera pasado por encima de Jaime como una apisonadora si no fuera porque no cabían los dos por el estrecho túnel.

–¡Las hay a miles! –gritó como si él mismo las hubiera visto. Y, al ver que Jaime se detenía y se volvía a mirar, perplejo, a sus compañeros, le increpó–: ¡No te quedes parado, idiota!

–¡¡Corre!! –chillaron los demás.

Entonces, el capitán soltó una sonora carcajada.

—¡No hay ratas! —exclamó convencido—. Fernando, ¡tienes miedo de tu propia invención!; y tú, Manuel, ¿te has dejado liar por el Gordo?

JAIME no paraba de reír, y los cinco chicos comenzaron a sentirse avergonzados. Sobre todo Manuel, tan cabal siempre, no sabía dónde meterse. «¡Me han engañado como a un idiota!», se reprochó lleno de indignación hacia sí mismo.

Muy pronto, el grupo alcanzó a Marta y, de nuevo, la monitora se adelantó unos metros más allá para cerciorarse de que el pasadizo era seguro. Minutos después, los avisó de que podían continuar, y los seis emprendieron la marcha.

Esta vez, recorrieron varios metros en completo silencio, hasta que, de nuevo, Fernando llamó la atención de Jaime.

–¡Eh, **ARAÑA**! ¡Para un momento!

Pero Jaime no le hizo ningún caso, pues estaba un poco aburrido de sus tonterías.

–**¡Jaime, párate!** –le pidió esta vez con tono suplicante–. **No puedo continuar**...

Inmediatamente, el capitán de los Araña se detuvo y volvió la cabeza hacia él.

–¿Qué quieres decir? ¿Por qué no puedes seguir? ¡Venga, Fernando, ya queda menos!

–**No es eso; es que no puedo de verdad. Me he atascado... ¡No quepo por aquí, Jaime!**

Efectivamente, unos metros más atrás, Jaime había notado que la gatera se hacía aún más angosta, pero a él no le supuso ningún problema, pues era un chico delgado. Sin embargo, Fernando era mucho más corpulento que él... ***«¡Pobre Fernando!»***, se lamentó el Araña, «es cierto que

por ahí no va a caber: ¡es tan estrecho el túnel en ese punto!».

JAIME se arrastró como pudo marcha atrás hasta llegar a donde estaba el **Calavera**, y, una vez junto a él, trató de buscar una solución a su problema.

–A ver, Fernando, trata de avanzar.

Pero, por mucho que lo intentó, era evidente que el chico ***no podía pasar por aquel embudo.***

–Vale, tranquilo. No cabes por culpa de la **MOCHILA**. Quítatela de la espalda y pásasela a Manuel –le ordenó el Araña.

Sin embargo, Fernando estaba tan nervioso que no lograba desprenderse de su mochila.

–¡Venga, Gordo, tranquilízate! –le regañó con cariño **Manuel**, que ya le había alcanzado por detrás y le bastó con un simple vistazo para comprender el problema–. Ya sé que estás encajonado y apenas puedes moverte, pero, si te concentras, lograrás agarrar las cintas y quitarte la mochila.

Pero no había manera: Fernando era presa del pánico y sus manos no le respondían.

–Si pudiera ayudarle a quitarse la mochila... Pero no puedo llegar hasta él; no quepo –se lamentó Manuel.

–Solo él puede ayudarse –reflexionó Jaime en voz alta–. ¡Venga, Gordo, puedes hacerlo!

Durante unos minutos más, Manuel, Alejandra, Jaime, Susana y Natalia trataron de infundirle ánimos y tranquilizarlo. Al fin, el Calavera logró **agarrar las cintas de su mochila** y trató de quitársela, pero era muy difícil hacerlo con tan poca movilidad y en un espacio tan reducido.

–¡No puedo! –exclamó el muchacho, desesperado, después de intentarlo una y otra vez.

Manuel y Jaime se miraron por encima del chico. Ambos se daban cuenta de que estaban en una **situación desesperada**. Sería agotador retroceder por la gatera arrastrándose marcha atrás, y, aunque lo lograran, no podrían subir por el tobogán de la **«Galería de la laguna»**: ¡era demasiado empinado y resbaladizo! Tampoco podían ayudar a Fernando a quitarse la mochila, pues no había espacio suficiente para llegar hasta él. **¡No había solución!**

Algo así debió de pensar el Calavera, pues, de pronto, se puso a **gritar histérico** y, pese a los intentos de sus compañeros, no hubo forma de callarle.

—Ve a por Marta —le dijo Manuel a Jaime—. Ella sabrá lo que hay que hacer.

Al capitán de los Araña no le gustaba la idea de dejar solos a sus amigos, pero, viendo el estado de nervios en que se hallaba Fernando, comprendió que no había más remedio.

Entonces, cuando ya iba a emprender la marcha, notó que el **suelo de la gatera se cubría de una sustancia líquida**. Al principio, no entendió qué sucedía; sin embargo, pronto se dio cuenta de que estaba entrando agua en el túnel…, ¡y lo hacía a gran velocidad!

—¡Fernando, tienes que volver a intentarlo! Está entrando agua en la gatera: ¡eso te ayudará a deslizarte! —animó a su compañero.

El Calavera, de nuevo esperanzado, trató con todas sus fuerzas de salir del cuello de botella en donde estaba atrapado, pero, ni aún con la ayuda del agua, lo logró.

–Parece como si se le hubiera **enganchado la mochila** en algo –conjeturó Manuel.

–Es probable –asintió Jaime.

Entonces, cuando creían que las cosas no podían ir peor, ***Jaime oyó un gran estruendo que iba en aumento***. «¡Oh, no, ¿qué es ruido?», pensó angustiado.

No pasó mucho tiempo antes de descubrirlo: **una riada de agua y lodo se acercaba a toda velocidad hacia ellos.**

–¡Venga, Gordo, sal de ahí! –le gritó a Fernando, desesperado–. ¡Viene una riada! ¡Sal de ahí!

Fernando dejó al instante de gritar. **Acababa de entender que su vida corría serio peligro y que nadie podía ayudarle**. Aquel lugar se había convertido en una **trampa mortal**, una ratonera de la que había que salir cuanto antes si no querían morir ahogados.

Movido por el instinto de supervivencia, el Calavera se dio tal impulso con los codos que, si se le había enganchado la mochila en algún saliente

como decían sus amigos, logró desprenderla y salir del embudo… **¡Lo había logrado justo antes de que la avalancha de agua llegara hasta ellos!**

Durante unos angustiosos y terribles segundos, la riada inundó la gatera por completo, y los chicos, conteniendo la respiración, pensaron que aquello era el fin. Y lo hubiera sido si no llega a ser porque el agua continuó fluyendo por la gatera a gran velocidad, de modo que enseguida bajó el nivel y pudieron asomar la nariz y respirar. Había pasado el peligro de morir ahogados, pero **aún no estaban a salvo**. Para empezar, el agua les llegaba hasta el cuello, y, para continuar, cabía la posibilidad de que los arrollara una nueva riada.

Así, **medio arrastrándose por el suelo, medio nadando**, los chicos emprendieron la marcha por la gatera, y, casi a la vez, vieron aparecer un par de metros por delante a Marta; o, para ser más exactos, sus pies seguidos de su cuerpo.

La monitora, terriblemente preocupada, había logrado retroceder hasta ellos, y, ahora, exhausta por el esfuerzo y al ver que estaban bien pese a la riada, rompió a llorar.

–¡Estáis bien; estáis bien...! –repetía una y otra vez entre sollozos–. Creí que os había perdido.

–Estamos bien –la tranquilizó Jaime.

Pero no había tiempo que perder: debían salir de la gatera cuanto antes.

Por suerte, el nivel del agua disminuyó rápidamente, y, en unos pocos minutos, había desaparecido. Ahora, el grupo se arrastraba por un suelo **cubierto de lodo y barro**, lo que dificultaba aún más el avance. Sin embargo, esta vez nadie se quejó; los chicos habían temido por su vida y, en ese momento, solo pensaban en salir de allí, sin importarles el esfuerzo que esto les llevara… **¡Tenían que salir de la gatera!**

¿Y AHORA?

Aquella **gatera** parecía interminable, y el grupo comenzaba ya a perder la esperanza cuando, de pronto, **el angosto túnel desembocó en una galería de unos diez metros de diámetro y varios metros de altura**.

No hay palabras para describir el inmenso alivio que sintieron los seis chicos y su monitora cuando, al fin, y después de tanto tiempo arrastrándose por un estrecho túnel, pudieron levantarse y estirar los brazos y las piernas.

Tras esto, los jóvenes se miraron con los ojos humedecidos por la emoción y, sin mediar palabra, **se abrazaron con fuerza**.

El primero en romper el silencio fue **Fernando**, que, con voz quebrada, les dijo:

–Nunca podré agradeceros lo suficiente el apoyo

que me habéis dado. ¡Me siento tan, tan…! –Pero la emoción que le embargaba era tal que no pudo acabar la frase a causa de las lágrimas.

Sus compañeros, igual de conmovidos, lo rodearon y lo abrazaron con fuerza.

–Somos un equipo, Gordo –le dijo Jaime–. Todos nosotros, los Calavera y los Araña.

–Nunca pensé que fuera a decir esto, pero tienes razón –asintió Natalia–. Manuel y tú, Jaime, os habéis portado de forma increíble ahí dentro… ¡Nunca lo olvidaré!

–¡Eso es! –se sumó Susana–. Jamás volveré a consideraros a los Araña como enemigos… ¡Chicos, desde ahora mismo, os proclamo miembros de honor de los Calavera!

–¡Me alegra oír eso! –se unió a la conversación la monitora–. **No hay nada como una buena aventura para unir a la gente**; pero, ahora, hay que buscar una salida. No sé si os habéis dado cuenta de que ya son las seis de la tarde. Llevamos aquí muchas más horas de las convenidas. Rafa y los demás ya hará rato que habrán salido de la cueva, y no me extrañaría que hubieran dado la **voz de alarma**... ¡Es muy tarde!

Las palabras de **MARTA** los devolvió a la realidad. Se habían dejado llevar por el entusiasmo de verse fuera de la gatera, **pero aún había que salir de la cueva**. Evidentemente, no podían volver sobre sus pasos. Tenían que seguir adelante y confiar en hallar una salida al exterior... Pero ¿la habría?

Por primera vez desde que desembocaran en la nueva galería, los chicos miraron a su alrededor. **Se trataba de una sala de paredes bastantes lisas**. En ella no había estalactitas ni estalagmitas, solo un gran bloque de piedra de color rojizo y forma de **MENHIR**, que, adosado a la pared, se erigía en uno de los extremos más alejados de la gruta. A los pies de esta gran piedra corría un ***riachuelo*** que, tras atravesar la galería, se perdía en el interior de la gatera de la que acababan de salir.

En cuanto a las posibles salidas, la única que descubrieron en un primer golpe de vista se hallaba, de nuevo, a varios metros de altura sobre el suelo y, desde donde estaban, se apreciaba que se trataba de otra angosta gatera.

–No os desaniméis, chicos, peor sería que no hubiese salida –trató de animarlos Marta–. Treparé hasta allí arriba y os lanzaré la cuerda.

Mientras la monitora escalaba, JAIME Y MANUEL comenzaron a inspeccionar la «Galería del menhir», como acababan de bautizarla.

–Es posible que el agua provenga del exterior –le comentó Manuel a su capitán–. Si hubiera habido una tormenta muy fuerte, eso explicaría la crecida del riachuelo y la RIADA QUE CASI NOS MATA.

–Pero, de ser así, tendría que haber una tercera entrada en alguna parte –reflexionó Jaime mirando a su alrededor.

El agua no podía provenir de la gatera situada a varios metros de altura, pues la pared en la que se hallaba estaba seca, y tampoco de la gatera de la que acababan de salir, ya que la riada se produjo en dirección contraria.

–Quizá solo sea un río subterráneo... –añadió Jaime con desánimo.

Pero, entonces, **Manuel**, que se había dirigido hacia el fondo de la cueva y ahora estaba en cuclillas junto al enorme bloque de piedra, llamó su atención:

–Ven a ver esto. ¡Es curioso: parece como si el riachuelo brotara justo debajo de esta roca!

–Puede que el agua se filtre por la pared a la que está adosada –sugirió el **capitán** mientras se acercaba a él.

En silencio, y con la expresión que siempre tenía cuando reflexionaba sobre algo im-

portante, **MANUEL** rodeaba lentamente el bloque de piedra al tiempo que, con las palmas de las manos apoyadas sobre la **fría y húmeda superficie**, lo examinaba como si quisiera arrancarle su secreto.

Entonces, de pronto, Manuel se volvió y, con voz potente para que todos pudieran oírle, exclamó:

–¡He encontrado una salida al exterior!

Al momento, los chicos corrieron hasta donde estaba **Manuel**, y descubrieron que, al contrario de lo que parecía, el bloque de piedra no estaba adosado a la pared, sino que **se separaba de ella unos treinta centímetros** (lo suficiente para que, de costado, pudiera pasar una persona). Pero lo mejor no era eso, lo extraordinario era que la enorme roca ocultaba… **¡una salida al exterior!**

¡POR FIN FUERA!

A duras penas aguantaron los chicos a que la **MONITORA** descendiera por la pared, pues consideraban que era ella la primera que debía salir al exterior.

Cuando por fin abandonaron la cueva, **la luz del sol los deslumbró**, pese a lo avanzado del día y a estar el cielo nublado y gris tras la tormenta.

En cuanto se habituaron a la claridad, Marta y los chicos comprobaron que habían ido a parar a **mitad del río** que había junto al campamento, solo que varios metros más arriba. Como iban bien equipados y el agua solo les llegaba hasta la pantorrilla, decidieron continuar la marcha por el río.

Caminaban eufóricos, felices de haber salido airosos de una situación tan extrema. Tan contentos estaban que se pusieron a cantar a todo pulmón una divertida canción infantil.

No es difícil imaginar **la sorpresa de Rafa** y su equipo al verlos aparecer en mitad del río, cubiertos de barro de arriba abajo, con el casco en la mano, el pelo revuelto y empapado, y **cantando a voz en grito**.

Pero si esta teatral aparición fue sorprendente, más **increíble** aún les pareció a Marta y los suyos el recibimiento que les dieron a ellos.

Resultó que, antes de que pudieran alcanzar la orilla, un **enjambre de periodistas**, cámara en mano, se adentraron en el río (al parecer sin importarles nada mojarse) y comenzaron a acribillarles a preguntas mientras les sacaban miles de fotos.

Por unos segundos, la monitora y los chicos creyeron estar alucinando: ¿qué hacían aquí todos esos periodistas?; ¿qué había pasado en su ausencia?; ¿cómo habían llegado hasta allí esas furgonetas de la televisión que había aparcadas junto al campamento?...

Por mucho que, pasados los días, todos en Valle Oscuro se burlaran de la cara de **«LELOS»** con la que salieron Marta y los chicos en aquellas fotos, lo cierto era que tenían motivos de sobra para haberse quedado «de piedra». ¿No era acaso una locura que, cuando al fin lograron llegar al campamento tras sobrevivir a una **PELIGROSA AVENTURA**, se encontraran asediados por los medios de comunicación?

AVALANCHA DE PREGUNTAS

Los primeros quince minutos fueron de total confusión. **MARTA**, **JAIME** y el resto del grupo permanecían dentro del río, pues los ***periodistas*** (que estaban seguros de que allí había una buena historia) los tenían acorralados mientras los bombardeaban a preguntas: **¿Qué encontrasteis en la cueva?; ¿en algún momento peligró vuestra vida?; ¿qué creéis que dirán vuestros padres?...**

Por su parte, el **otro equipo**, repuesto ya de la sorpresa de verlos aparecer en mitad del río como si hubieran sobrevivido a una **catástrofe natural** (pues su aspecto era ciertamente lamentable), corrieron a abrazarlos dentro del río.

Entonces, a las preguntas de los reporteros se les unieron las de **Rafa y los otros chicos** (ansiosos por saber qué les había pasado ahí dentro). En pocos minutos se había formado tal algarabía que, si no llega a ser por la llegada de **don Evaristo y su amigo, el profesor don Fausto**, es muy probable que los pobres peces de aquel apacible río de montaña hubieran sufrido un colapso nervioso.

Por suerte para las truchas, en cuanto el director del campamento se bajó del todoterreno en que había llegado y vio el panorama, **exclamó con voz autoritaria:**

–¡Señores, estos chicos son menores de edad y están bajo mi tutela! ¡Déjenlos en paz inmediatamente!

Los periodistas, comprendiendo que no iban a conseguir declaración alguna, recogieron su equipo, se montaron en sus furgonetas y **desaparecieron** ladera abajo.

Entonces, **DON EVARISTO** se dirigió a Marta y los seis chicos con voz de preocupación:

–Por vuestras caras, veo que estáis agotados. Debéis cambiaros de ropa inmediatamente para entrar en calor, y comer algo. Después, **nos contaréis con todo detalle vuestra aventura; estoy deseando oíros. El descubrimiento del equipo de Rafa ha sido asombroso**, pero estoy seguro que vosotros tampoco os quedáis cortos.

Jaime miró con curiosidad a Vicente, Bea y Santi, los Araña que habían acompañado a Rafa, y se preguntó qué les habría deparado a ellos la cueva. La verdad era que su rostro no delataba cansancio; es más, parecían estar muy relajados, hasta se podría decir que radiantes. **¿Y por qué hablaba Vicente con Esteban tan amistosamente?** ¿A qué se debían esas risas? Parecía como si algo les hubiera unido de forma especial... «Quizá ellos también hayan vivido una experiencia traumática, como nosotros», se dijo Jaime.

En realidad, no se equivocaba al pensar que algo les había pasado, pero, desde luego, no había sido nada traumático.

Cuando el grupo de Marta recuperó las fuerzas, todos se sentaron alrededor de una **BUENA FOGATA** para escuchar sus respectivas historias.

La monitora narró a grandes rasgos sus peripecias, y los alumnos aportaron los detalles. **Hablaron del tobogán, la laguna, la gatera, la inundación, el hallazgo de la salida al exterior...** Y, como no podía ser de otra forma, a medida que la narración avanzaba, las muestras de admiración por parte de los otros chicos fueron en aumento: **¡Oh, qué miedo!; ¡qué valientes habéis sido!; ¡yo no hubiera sido capaz!...**

Pero, sin duda, el momento que más aclamaciones despertó fue **cuando Fernando se quedó encajonado en la gatera**. Aquello había sido una aventura con mayúsculas, y todos lo alabaron por haber sido tan valiente. Por supuesto, ninguno de sus compañeros de expedición sacó a relucir el **ataque de pánico** que había sufrido Fernando, y el chaval pudo disfrutar a gusto de su minuto de gloria.

–Y eso es todo –concluyó **MARTA** dirigiéndose a don Evaristo–. He de reconocer que hemos vivido momentos de angustia, y creo que no hubiera logrado salir de la cueva si no llega a ser por el **comportamiento ejemplar de mi equipo**... Los seis han demostrado ser unos valientes y, lo que es más importante, magníficas personas.

–En ese caso, habrá que premiarlos –dijo don Evaristo con orgullo–. Muchachos, los seis os habéis hecho merecedores de la **MEDALLA AL VALOR**.

–Me alegra oírlo, señor; pero aún debo añadir algo –puntualizó la monitora–. Todos los aquí presentes sabemos que un equipo, por bueno que sea, necesita estar dirigido por un gran capitán, y, en este caso, así ha sido: **Jaime se ha comportado de forma excepcional.**

–Tienes toda la razón –asintió el director, y, volviéndose a Jaime, anunció con voz solemne–:

Jaime Andrada, capitán de los Araña, por haber sabido dirigir a tu equipo en una misión de gran peligro, te otorgaré la Medalla de Honor, el más alto galardón de Valle Oscuro.

Los alumnos del campamento prorrumpieron en un gran aplauso y, esta vez, los seis Calavera se sumaron gustosos a la ovación. **La aventura en la cueva les había servido para enterrar el hacha de guerra...Al menos, de momento.**

Y VOSOTROS... ¿QUÉ?

El equipo de **MARTA** ya había desvelado la aventura que había vivido en la cueva y, ahora, era el turno de **RAFA**.

–Bueno, me temo que nuestra historia no es tan emocionante como la vuestra –comenzó su relato.

–Según se mire, caballero –le interrumpió ***don Fausto***.

–Por supuesto, profesor –admitió Rafa–; ha sido emocionante desde un punto de vista, digamos, **antropológico**, pero…

–No hay peros que valgan, señor. ¿Acaso hay algo más importante y emocionante que un hallazgo de la categoría del que ustedes han hecho hoy?

–No, claro que no –se dio por vencido el monitor–. El caso es que el corredor por el que mi equipo y yo avanzamos hacia las profundidades de la cueva desembocó en **una ga-**

lería de gran tamaño y belleza, y no solo por las singulares formaciones rocosas que en ella había, sino porque en sus paredes encontramos unas increíbles **pinturas rupestres**, tan valiosas o más que las de **la cueva de Altamira**.

»Podéis imaginar nuestra sorpresa –continuó Rafa–. ¡Habíamos hecho un **descubrimiento histórico**, no solo importante para nuestro país, sino para el mundo entero!

–¡El descubrimiento arqueológico más importante del siglo! –exclamó don Fausto con gesto teatral.

Rafa miró con simpatía al entusiasmado profesor, y prosiguió:

–Aunque nos hubiera gustado continuar con la exploración…

–**¡SANDECES!** –volvió a interrumpirle don Fausto.

–Aunque nos hubiera gustado –insistió el monitor–, sabíamos que nuestra obligación era volver cuanto antes a Valle Oscuro para **anunciar el descubrimiento**; y así lo hicimos. En cuanto don Fausto y su equipo supieron la noticia, se pusieron

en camino, y, no se sabe cómo, **alguien avisó a la Prensa...**

Rafa miró con severidad a don Fausto, que, con aire de culpabilidad, dirigió la vista al suelo. Al parecer, el bueno del profesor tenía una sola debilidad: **adoraba la celebridad**, y esta era su oportunidad de salir en todos los periódicos del mundo.

–Y esa es toda la historia –concluyó Rafa–. Primero, llegaron **don Evaristo, don Fausto y su equipo**, e inspeccionaron la cueva; después, regresaron a Valle Oscuro para recopilar todo el material

que necesitaban para su posterior estudio. Entre medias, llegó la Prensa y nos hizo un extenso reportaje. Más tarde, aparecisteis vosotros como si salierais del centro de la Tierra, y, por último, volvieron el director y el profesor para poner un punto de cordura en medio del caos.

–¿¡Eso es todo!? –exclamó MARTA con una voz que daba cuenta de la mezcla de emociones que sentía en ese momento: admiración, sorpresa y… ¡envidia!–. ¿Me estás diciendo que, mientras nosotros arriesgábamos nuestra vida, vosotros os habéis hecho célebres al descubrir una cueva con pinturas rupestres prehistóricas?

–¡Sí! ¡Y don Fausto nos ha dicho que vamos a poder bautizar la cueva! –remarcó Vicente.

–Que mientras nosotros nos arrastrábamos por el fango –continuó Marta haciendo caso omiso del comentario del Araña ; nos quedábamos encajonados en estrechos túneles; nos lanzábamos al abismo, y nos inundaba una riada… **¡a vosotros os han hecho un reportaje periodístico!**

–¡¡Ajá!! ¡Y van a sacar una foto de cada uno de nosotros! Pero no nos tengáis envidia: a vosotros también os han sacado unas fotos muy divertidas… **¡menuda cara teníais!** –añadió Vicente con tono burlón–. Además, no sé de qué os quejáis: **¡vosotros habéis vivido una auténtica aventura!**

En aquel momento, no solo Fernando, Susana y Natalia **tuvieron ganas de abalanzarse sobre Vicente** para darle su merecido; para ser sinceros, los propios Araña tuvieron la misma tentación… Por suerte, **DON EVARISTO** intervino, y sus palabras sirvieron para calmar las aguas y poner a cada uno en su sitio.

—En algo tienes razón, Vicente —admitió el director—: los miembros del equipo de Rafa os llevaréis la fama, pero ellos, las medallas. Así que, ya ves, estáis empatados en honores.

REGRESO A VALLE OSCURO

El profesor don Fausto Villahermosa consideró que los alumnos de Valle Oscuro ya habían trabajado suficiente en aras de la **CIENCIA**. No solo habían descubierto una valiosísima muestra de **pintura rupestre**, sino que también habían explorado buena parte de la cueva, con sus increíbles **formaciones rocosas y deslumbrantes galerías**. Así, era el momento de regresar al campamento y disfrutar de un merecido descanso.

Tanto los monitores como los alumnos recibieron con alegría esta noticia; sin embargo, existía un pequeño detalle que enturbiaba la felicidad de algunos: el viaje de vuelta. **¿Deberían regresar a caballo bordeando de nuevo el peligroso barranco?**

Jaime consideró que ya había corrido suficientes riesgos en aquella expedición, y, esta vez, no dudó en transmitir su **temor** al director:

–Don Evaristo, creo que nosotros, el equipo de Marta, no deberíamos regresar a caballo. Estamos exhaustos, y el camino es muy accidentado. **¿No podríamos volver en el todoterreno con ustedes?**

–Me parece justo –accedió el director de

buena gana–. **Se ve que la excursión a caballo no resultó tan buena idea como imaginé**. Me pareció que sería mucho más divertido llegar a la cueva montados a caballo en vez de en un aburrido coche… ¡Por eso me inventé que no había más acceso que un **camino de cabras**! ¡Quería darle más emoción a la excursión, ja, ja, ja! –se rio el director–. No contaba con que la cueva tuviera sus propios planes para vosotros…

Así pues, Marta y los chicos regresaron cómodamente en el ***todoterreno***, mientras que Rafa y su equipo se quedaron a pasar la noche en el campo, pues era demasiado peligroso viajar a caballo sin luz.

Pasado el tiempo, **JAIME** recordaría como uno de los mejores momentos de aquel primer verano en Valle Oscuro la llegada a la Casona tras la aventura en la cueva. **Adela y su hija, Sofía**, los **monitores** y, por supuesto, el equipo Tigre al completo salieron a recibirlos a la puerta como si fueran auténticos héroes. Ya les habían informado de las

aventuras que habían vivido en la cueva, y los miraban con tal cara de admiración que los seis chavales enrojecieron.

–¡Bienvenidos, chicos! Os he preparado un **banquete** digno de unos valientes como vosotros –les dijo Adela.

–Sí y, después, nos contaréis paso a paso vuestra aventura –añadió Sofía con los ojos brillantes.

Por si estas palabras no fueran suficientes para hacerles sentir en una nube, Mercedes, la capitana de los Tigre, se acercó a Fernando y, cogiéndole de la mano, le dijo:

–Me han dicho que estuviste en grave peligro... ¡Me alegro tanto de que estés bien! –Y, para regocijo de Fernando, le besó en la mejilla... Desde entonces, muchos aseguran que el Gordo está perdidamente enamorado de Mercedes.

–Bueno, bueno, ¡dejad que los héroes descansen! Venga, muchachos, id a daros una buena ducha al Barracón y, cuando estéis listos, regresáis y nos deleitáis con vuestras historias… ¡Somos todo oídos!

Aquella fue una **NOCHE FANTÁSTICA** para el equipo de Marta. Tal y como prometió Adela, cenaron como reyes, pero mejor aún fue la sobremesa, cuando, reunidos en el salón de la **CASONA**, relataron con pelos y señales sus hazañas a un público entregado.

Como Rafa y los demás aún no habían regresado, no tuvieron que compartir con ellos la gloria; aunque, a decir verdad, ningún Tigre preguntó nada acerca de las pinturas rupestres... **¡El tobogán, la laguna subterránea, la gatera y la riada les resultaban mucho más emocionantes!**

Durante esa fantástica velada, los seis componentes del equipo de Marta sintieron más o menos lo mismo. La expedición a la **Cueva de los Fantasmas** (como todos los ahí presentes decidieron bautizarla) había sido emocionante, pero también muy peligrosa. **Tanto Marta como sus alumnos pasaron momentos de miedo y angustia**. Sin embargo, ahora que todo había pasado y estaban a salvo

en la confortable Casona, ya no se acordaban de lo malo. La angustia había desaparecido y, en su lugar, un gran orgullo se adueñó de ellos. **«¡He vivido una aventura increíble, de esas que uno cuenta a sus nietos cuando es viejo!»**, se decían. Ya no envidiaban a los Tigre por haberse quedado en Valle Oscuro, ni al equipo de Rafa por haber descubierto las pinturas rupestres... **¡Lo suyo era todavía mejor!**

Durante los siguientes días, aún tuvieron que contar su aventura varias veces más y, como suele pasar cuando un relato pasa de boca en boca, se añadieron tantos detalles (algunos verdaderos, otros falsos) y se adornó de tal modo que, a final de mes, **a los protagonistas les costaba reconocer su propia historia**.

La hazaña de los seis chavales y su monitora en la Cueva de los Fantasmas se hizo muy popular en toda la Comarca, hasta el punto de que los periódicos locales les dedicaron un amplio reportaje... y, esta vez, **¡salieron fotografiados con su mejor cara!**

Campamento
VALLE
OSCURO

ÍNDICE